寡黙な兄のハーモニカ

エッセイ集

岡 三沙子

コールサック社

岡三沙子エッセイ集『寡黙《かもく》な兄のハーモニカ』

目次

Ⅱ章　東京の空

Ⅲ章　旅は道連れ

寡黙な兄のハーモニカ

岡三沙子

序詩　ひつじ雲の便り

「ひつじ雲が出てるよ」
階下から夫の甲高い声
…一足先にパソコン仲間から
「ひつじ雲撮影」
自慢の成功メールが届いたばかり
カーテン開けて　見上げると
遠路に居る彼らと繋がる　空の便り
幕張メッセも　都下郊外も共有する
一枚の青い便せん
うれしい秋の来訪　季節の近況報告だ
真夏の残暑　ほかにも

厳しい締め付けから解放されて
癒やしの表敬訪問
便りの裏側は兄さんからの音信だ

日本風干支《えと》のひつじ君　羊雲
ひつじ年生まれの亡き兄
と続く私のひつじの系譜

過去に羊のような
おっとり兄さんがいたね
二つ違いの実兄なのに
二十数年違いの父親みたいに大きな
年の差小さい　兄さんがいたね

にいさんが旅立って
初めてくっきりしてきたよ
遠景の父と　私の真横に並ぶ兄さんと
無口だったから　父と同じ遠景に潜むが
私の一番身近にいた　小さな父さん
やっと昨日気付いたんだ
ひつじ雲の便りから

Ⅰ章　寡黙な兄のハーモニカ

小学一年時　幻灯機で「風の又三郎」観賞

私の小学校は秋田県の山間部、今は北秋田市と改名され、空港も心臓外科手術の可能な良質な病院の誘致に成功した地方都市である。が、一番わかりやすい説明は昭和五十八年五月二十六日、東北地方に発生した地震津波で海岸に遠足の小学生が大津波にのまれ十三名が犠牲になった「日本海中部地震津波」の被害校です。

昭和十四年春、私が新一年生に入学した当時の校舎は、小さな木造校舎だった。私の父や叔父が通った母校でもあり、教室八室と職員室とトイレのみの単純な間取りで、全校生徒が一堂に会する時に必要な広い講堂や体育館も無い、不便極まりない校舎だった。従って全校集会の時は雨さえ降らなければ野外校庭が利用されるのが常だった。雪国なので冬期は小雪降るなかで全校集会に参加した思い出は数知れずあった。

私が入学した当時の校舎は破損が激しく倒壊寸前の哀れな姿。建物は微妙に傾き、何箇所かは大木のつっかえ棒で支えられていた。大東亜戦争も激しくなり、村内の住民はほとんど老人と女、子どものみとなり各家庭は細々と農業を営んでいた。

子どもを新しい校舎に通わせたいが、村の経済は切迫し校舎新築の予算などあろうはずはなかった。親たちが頭をひねり行きついた結論は当時、はやりの十六ミリ舶来の幻灯機を寄贈することだった。村落に映画館も書店もないおよそ文化的雰囲気から遮断された地域とあって、子どもたちに時代の寵児、幻灯機を贈って視聴覚教育の一端にして欲しいと、子らに都会の風を吹き込むおしゃれな贈り物を弾んだのだった。当時の値段で三千円もする高価な贈り物と、誰が漏らしたのか子らは口々に吹聴してうれしがっていた。

十六ミリ幻灯機はサイレントで、声高の男の先生がナレーターを務めた。上映会当日は一階の低学年の教室の間仕切りの壁が解放できるような引き戸になっていたので、木造の壁を開放して広いスペースが確保された。設計の段階でそのように工夫されていたのだった。

幻灯会開催当日は二教室の机を全部、廊下や他の場所に移動して全校生徒や先生が共に観賞できるスペースを確保した。だだっ広くなった板の間に子どもたちは前方につめて座り、前の子に体をくっつけるように固まった。足の痛さなど問題でない。幻灯会開始直前は天井から吊りさげた大きな白いスクリーンにみんな目を見張った。

一回目の上映は山本有三の「路傍の石」。当時、各地の映画館で上映されて評判のお涙ちょうだい物語と耳に挟んだ私の祖母は、幻灯を見て帰宅した私に、「話してよ、ね…」とせがんだ。感情の高まりがまた私を熱くした。おさまりかけた悲話を思いだしながら話しているうちに感極まって、私は涙声になり最後まで話せなかった。

私たち姉妹三人は、両親と離れて祖父母の家で暮らしていた。自営業の父母の仕事場が遠路にあり、学校がその近くにないために、私たちはやむ無く父の生家で祖父母と暮らし、三年目に入っていた。

映写会が終わった翌日は始業前に自分の机を探しだして、教室に戻さなければいけない。その作業が低学年生には一苦労だった。私の五年生の姉が、毎回机を探しだして運んでくれたので大助かりだったが、机が行方不明だ、とべそをかく子が何人かいて映写会の翌日はてんやわんやだった。

次の上映会は宮沢賢治の「風の又三郎」だった。

「どっどど　どどうど…」

年配の男の教師が太い声をはり上げて、物語が始まると、建てつけの悪い校舎の窓わくから隙間風がスクリーンを「ゆらゆら」揺らして不気味な雰囲気が漂った。今思うと効果てきめんといえなくもないが、私は恐くて両手で顔をおおい落ち着いて物語を楽しめなかった。怖い映画だと思いこみその第一印象をぬぐえずに今に至る。

その後、戦争が激化して唯一楽しみな幻灯会の三回目の予告がないまま、私達はやっと父母の元に引き取られた。だからその後、楽しみな上映会がどうなったかは不明である。

映画館もない農村のこと故、ラジオもまだ所有家庭が少なかった時代に、貴重な視聴覚教育の体験ができたのはありがたかったと思うにつけ、その後、何が上映されたか私達兄妹の関心事だった。特に折に触れて私の兄が気にかけていたのは、大事な幻灯機の行方であった。

従妹が川に流された日

私が高校一年の初夏、土曜日の昼過ぎ帰宅すると、母が美容院に行くから「留守番していてね」と出かけて行った。近所のいつものパーマ屋さんに行くものと思い、確認せずに、

「いいよ、行ってらっしゃい」

と気軽に引き受けた。しばらくして、「電報です」と玄関で声がして出て行くと折りたたんだ電文を手渡された。各戸に電話がまだ設置されていない戦後まもなくのこととあって、急な連絡は電報が唯一の通信手段だった。急いで電文を読むと、

「ユウコ　カワニオチテ　シンダ」

母の実家の叔父からの訃報だった。ユウコは私の従妹、春に小学校に入学したばかりの新一年生だった。

私は電報を握りしめたままとっさに玄関にあったサンダルをつっかけて近所の美容院に走った。

ところがその店に母は居なかった。

「今日はお母さん、見えていませんよ」

店の奥から女主人の甲高い声…。私は返答もせずに飛び出していた。もう一店、遠くの店なのかなあ…。

そんなはずはないと思いながら、とにかく、私は一キロ近く離れたもう一軒の美容院を目指して走った。

突然の訃報に、留守を預かった高一の私はどう対応していいのか、わからない。

そしていつも行く馴染みの店に母が居ないのは何故なのか…、答えが出せない。こみあげてくる怒りと切羽詰まった思いをどう処すればいいのかわからず、ただ胸を詰まらせて走った。

「母の居場所はどこ?」

悲しみと怒りと焦りで手一杯の私に更なる障害が襲う。サンダルは走るには不向きな履物と気付く。噴き出す汗をぬぐうハンカチ一枚持たずに飛び出した身に、空からは雨粒が落ちてくるではないか。幾重にも迫りくる障害に手の施しようがない…。

額の汗は頭から流れる雨水と一緒になり首筋から体中に流れていく。全身ずぶぬれで二度目の店にたどり着くと、母はオカマをかぶって涼しげに扇風機に吹かれていた。四面楚歌の娘の気持ちも知らずに。

母を探し当てた安堵感とパンクしそうな緊張感から解放されて、私の冷たい頬に生ぬるい水滴が幾筋も流れ落ちた。

＊　＊　＊

新一年生になってまだ日の浅い祐子ちゃんは、仲間と一緒の下校中、自宅のある部落がすぐそこに見えているのに、欄干のない橋から落ちて流されたのだった。川幅は広いがいつもは浅瀬の川、それが前日の雨で増水し急流となっていた。重いランドセルを背負ったまま増水した川に落ち、流されて亡くなった。男ばかりのきょうだいの中で大事なたった一人の女の子だったのに…

父親手作りの太陽光発電の風呂

「今日からわが家も発電所…」

等と太陽熱利用の、屋根に眩しい設備の宣伝が珍しくない時代になったが、戦後間もなくわが家の風呂場の屋根に、父親手作りの太陽熱利用の設備が取り付けられた。

以前は、夏場の東北は気温が低いから涼しい地方が常識だった。居住していた秋田市も、暑い夏期は短いので一年中役立つ設備ではなかった。

ところが昨今の気温の異常で東北の夏は関東を抜いて高気温の日もあって昔の常識は通用しなくなった。だから今日なら、父手作りの設備でもさぞ役立っただろうと思う。

浴室の屋根だから普段目にすることはなかったが、想像するに浴室の屋根に水を溜めるプールを作り風呂場の水道から引いたホースで朝に水あげし、真夏の日中熱せられてお湯になった水道水をホースで浴槽に落として、入浴に使うというすごく単純なシステムだった。ただ一つ設備に欠点があった。タイマーを取り付けていないので、屋根の水槽に水がいっぱいになっても、見えないから水道の蛇口を止める方法がなかった。水がプールに満杯に溜まって雨のようにザーッと屋根に降ってきて初めて気づき、階下に居る誰かが水道を止めに浴室に走るという珍現象がしょっちゅうだった。父親に電気の知識があったらタイマー付き、手間要らずのソーラー設備になっただろうと思う。

普段目にしない屋根の上のことゆえ、どんな細工が施されていたか想像する以外にないが、夏の夕方になると屋根で太陽に熱せられたお湯を浴槽に落とし、太陽の匂いのするお風呂に入る気分は爽快だった。

珍しく高気温の日のお湯は熱くて水で薄めないと入れない時も何度かあった。光熱費がタダで気分爽快な入浴ができた昔を懐しんで、家族で昨今話題にする時、

「なに、体裁さえ気にしなければ材料費だってほんのわずかで出来る単純な設備だよ」とつぶやく亡父の笑顔が思い浮かんでくる。

両親との旅・霊峰恐山へ

二歳の長男を連れて私たち夫婦は秋田の私の実家に帰省した翌日から、十和田湖方面に紅葉見物の予定だったが、珍しく父が口をさしはさんできて、急きょコース変更し両親と四人で霊山恐山に寄り道し、途中山の温泉に一泊ののち翌日に十和田湖観光に、と変更になった。

幼い息子を義姉に頼み、コース変更などもあって朝遅めの出発だったが晴天に恵まれて青森県下北半島の恐山についた時はもう夕方だった。日本三大霊山でもある霊場は、季節によって入場時間は変更になるが、晩秋とあって午後四時にはもう人影はまばら。帰路を急ぐ最後の客があっという間にいなくなって物寂しさはひとしお。この地に寄るのは頭の端にも入れてなかっただけに、私たちにとっては正に不気味な異郷の記憶に残る旅となった。

しかし父母は以前に来たことがあったらしくあわてた風もなく、平然としていた。別にイタコを頼んで死者との対話を予定して居た訳ではなく、父は青森方面に行くなら恐山に寄りたいと漠然と念じていた様子。

両親の生家は青森県に近い県境、秋田県の北秋田市なので戦前から戦後もしばらくは村にイタコというあの世や神の世界との仲介の労をとる老婆が居て、信ずる村人には重宝されていたようだ。自分で判断できない事態に遭遇すると、よくアドバイスを仰ぎにイタコ宅を訪れて指示を仰いだり意見を聞いたり参考にする習慣があったと聞く。時に全く理論的な解決にならない指示で悲劇を避けられなかった事態も、発生したような事例を私は耳にしたことがある。たとえば病気に対する対応のまずさなどであったと思う。

私たちにとっては霊界は異質な世界でも、世代の違う両親には慣れ親しんだ環境で怖くも不気味な場所でも無いということが分かった。

何年か前、母の実弟が北海道に出稼ぎに行って孤独死した経緯が気になっていると、その妻が日頃口にするので一度、恐山で死者との口利きをイタコにお願いしたいと母は思っていた様子。しかし、今回は時間的に無理と知って、とりあえず恐山に寄り道して心を慰めたいという軽い気持ちだったと私は推測した。

草木の生えていない岩と大小の白い石が目立つ広い霊山のあちこちに、三三五五いた参拝者や入園者が急に居なくなって、私たち四人だけが、しーんと静まった霊山にとり残された。カラスがあちこちで羽根をやすめて寝場所を探しているのか、じっと動かないし鳴きもしない。サイの河原のように無彩色の小石が山積みの一角には色鮮やかな風車が突き刺さっている。市販のセルロイド製の風車は何か深い意味があるように思ったが、献花の代わりと言うことを後で知った。

私の教え子のA君は優秀な成績の生徒さんだったが、家庭を持つ五十代半ばで病死したので同級生たちがA君のお母さんと恐山詣でをした時、お母さんはイタコを頼んであの世の息子との意思疎通を果たしたと聞いたことを思い出した。親の期待に応えて立派な大人に成長したのに人生を全うできず亡くなったのはどんなに無念だったろうか。両親の心残りは計り知れないものがある。

本州最北端の霊場の恐山は、死者との口利きで有名な盲目のイタコの存在で知られているが、一般常識では説明できない不気味で謎の世界である。物の本によると大間埼の霊山は今から四百年前に天台宗の慈覚大師が開山されたと伝えられているが、現代文明とともにやがて姿を変えていく歴史遺産ではないかと思い、しっかりと目に焼き付けたのである。

その名の通り、晩秋の夕暮れ時の不気味さは半端でなかった。無数に立ち並ぶ卒塔婆、草木の生えない白い石積みの小山にくるくる回る風車…。

私たちは参拝者のいなくなった黄昏の霊山の最後の客だった。薄暗くなりかけた霊山の道を急ぎ次の予定地、テレビで豪雪地帯としてよく紹介されるふけの湯にバスで向かった。以前に尋ねたことのあるひなびた宿に一泊して翌日、やっと主目的の十和田湖紅葉見物がかなった。

私にとってこの旅が父との忘れられない最後の旅になった。三年後、父は心筋梗塞で急死した。享年七十だった。

母の遺品…金紗の半天

郷里から母の遺品が届いた。亡くなった母の衣類を整理した実家の義姉が、私に向きそうな品々を送ってくれたのだった、突然の贈り物に私は戸惑う。送料払ってまで送るほどのこともないのにと一瞬、独りごとがほとばしった。

というのは母が私宅に滞在した時に置いてある衣類で充分だったから、それ以上に母の遺品が欲しいと思っていなかったからである。しかし、せっかくの厚意を無にせず、感謝の気持ちで段ボールを開けると、私がかつて母にプレゼントした見覚えのある品々が出てきて、しばしありし日を回想する時間を持った。さいごに段ボールの底に二枚の半天が重なって入っているのに気づいた。雪国では冬の寒い日、洋服の上に重ね着して寒さをしのぐ家庭用防寒着である。外出着ではないが、ちょっとその辺まで出かける時など、オーバー代わりに洋服の上に羽織る脱ぎ着の便利な防寒着である。綿が分厚く入った見覚えのある柄物は、私の道行きコートの残り布で作った普段着と気づいた。

薄手の一枚、光沢のある上等品は和服好きの母の外出着、金紗の袷をリフォームしたもののようである。紫地に薄黄の小菊の花束があちこちに飛び散った柄物は新品時はさぞ素敵な外出着だったろうと、懐かしくかつもったいない気持ちがほとばしった。

金紗の表地仕上げの半天は、薄綿で軽く羽織ると体に重量感や圧迫感がないので、大げさに言えば鳥の羽根でおおわれたような軽さ滑らかさ、体全体がほっこり包み込まれるみたいないい感触だ。

ある冷えた冬の夜半、私は子どもの頃のように金紗の半天を羽織って居間でテレビドラマをみているうちにうたた寝して目が覚めたら、家中シーンとしてみんな寝静まった様子。

「うたた寝すると風邪引きますよ…」

子どもの頃よく母に起こされた懐かしい一シーンが舞い戻って来て、目をこすった後つい辺りを見回した。母がまだその辺に居そうな気がしたからである。

母の金紗の半天を洋服の上から羽織ると上半身がポカポカとあったたかくて軽いので肩がこらない優れもの。最初、こんな物と軽視して箱に戻したままだったが、試しに羽織ってみて初めて体に優しい日本古来の衣類と再認識し、以来、夜半まで起きている時は重宝している。上半身が温かくなると、そのうちに体全体に温かさが波及、浸透していって価値が倍増するから手放せない一級品と気づいた。

和服一辺倒の母が余所ゆきの大事な一枚に鋏を入れて半天に作り替えた思い切りの良さは、私には理解できないが、そのとき母に何かあったのだろうと思いめぐらすと胸が詰まる。昔堅気の祖父母との同居もあったから母の心を塞ぐ癪《しゃく》の種はたくさん転がっていただろうと想像できる。一、二度と言わず少なからずあったことは想像にかたくない。一家の長男である父が仕事で遠路にいたため何かあっても夫の応援は無し。義理の集団の中で孤軍奮闘した母を思うと、昔の農村の嫁は大体そんなものという気分にはなれない。母は娘の私には身上を語らない人だったから、大事な着物に鋏を入れて心を鎮めた若かりし日の母の立場を思い起こすと私は胸の詰まりを感ぜずにいられない。

私の上に二つ違いの兄がいて、初めての男の孫というので祖母は可愛がって母から取り上げて自分の手元で育てたと、母が話したことがある。もっとも兄がまだ二歳にならないうちに私が生まれたのだから上の子は祖母の手元で育てられるのが一般的であったが、母には不満でかつ寂しく感じた時も当然あっただろう。

明治半ば生まれの姑さんは厳しく嫁いびりした話はよく耳にするが、ご多分にもれず私の祖母もそうだったと思う。祖父母は私たち孫にも厳しい人だった。といって私達は昨今新聞を賑わすような親による子への虐待事件のようなむごい体験は、一度たりとも経験していないのである。

母は明治の終わりに生まれた人だが、農村の花嫁修業といえば当然、和裁の仕立てや寒い地方なら必需品の寝具の再製を身につけて嫁ぐのが一般的だったと思う。母は秋口になるとよく家族の寝具作りで、座敷でひとり苦戦していたのを私は記憶している。

ある時、まだ幼い兄が明るい縁側で裁縫中の母の側に近づいたら、母は、

「おらはもうすぐこの家から居なくなるんだ…」とつぶやいたそうである。子にとってこんな寂しい母のつぶやきは無いと思う。

兄から聞いたと兄嫁が私に話してくれた一言が、その時の母の心境を想像するに十分なヒントになっている。だが母のつぶやきが不満の吐け口になっても実行にはいたらなかったから、母は耐えたのだと思う。

在りし日の母と語らう
（秋田の実家にて）

寡黙《かもく》な兄のハーモニカ

私より二歳年長の兄は、一日一緒に居ても一言も口を利かない徹底した無口人間だった。小学校低学年頃からハーモニカを吹くのが唯一の趣味。

ある年の誕生日に親から贈られた愛用の一個をいつも携帯していた。口をきくのが苦手なせいか、暇さえあればハーモニカを吹いていた。どこへ行くにも愛しげにハーモニカを持ち歩いていた。

ハーモニカを吹いていれば誰からも話しかけられる心配はないし、口をきく必要もなかった。自分の性格上の欠点を補ってくれる恰好の趣味を手に入れて一石二鳥を地で行っている兄だった。

時がめぐり終戦前夜のこと。居住地、秋田市土崎港の八橋石油製油所を目標にB—29が百数十機奇襲し、明け方まで爆弾投下。爆心地はわが家から数キロ離れていたが、空襲警報発令と共に自宅庭の防空壕に両親ら家族五人で避難した。爆心地には距離があるのに、まるでわが家の防空壕めがけて爆弾が投下されているような激しい炸裂音におびえた恐怖の長い一夜だった。

八月の盛夏まっ盛り。猛暑続きの日中は夜間になっても気温は下がらず、数時間に及ぶ耳をつんざく爆音の恐怖と残暑に耐えた悪夢の一夜だった。拭けども拭けども頬や背中を伝わる汗のしずく、衣類はじっとりと湿っぽく最高の不快感だった。生きた心地がしない数時間、そんな修羅場を紛らすように兄は密かに持ち出していた愛用のハーモニカを遠慮深げに吹き出した。

…と、ふいにハーモニカの音が止んで兄がぼそぼそと何かつぶやいた。

「あした、天皇がラジオで何かしゃべるんだど…、何しゃべるのがな…」

と突拍子もなく変なことをつぶやいた。が、誰も兄の言葉に反応しなかった。高校二年の兄は学校で耳に入れたばかりのほやほやの情報を壕の中で家族に伝えたのに…

後で考えると応答する情報を皆は持ち合わせていなかったからだと気付いた。私も兄のつぶやきで初めて翌日、玉音放送のあることを知った。それがどういう意味を持つかは考え及ばなかったし家族の皆も無言で聞き流すしかなかったと私は後で気がついた。

兄、高校二年生（向かって左）

やがて日本は終戦…。

翌々春、兄は高校を一番の成績で卒業し東京の大学を受験した。が、目指す受験校は一校のみ。つまり兄の志望校は東大一本やりだった。兄は合格間違いなしと誰もが信じていた。けれども周囲の期待に反して届いた電文は、「サクラ散る」

不合格になった兄に私は、

「上京して東京の予備校に入って来春、再挑戦したらどう?……」

と勧めたが、兄は即座に反論した。

「…そんな不健全な生活はしたくない、家にいて父の手伝いしながら受験勉強に励む」

と強引に自我を押し通した。結局、翌年も翌々年も合格はかなわず、期待の星はついに東京で大学生活を送れずに東北の片田舎で父の仕事の手伝いをする羽目になった。

両親が兄に東京の予備校を進めなかったのにはそれなりに理由があった。後日、私は母からそのわけを聞かされたのである。

前年のこと、父が懇意にしている同業者の息子さんが東京の予備校在学中、受験直前に風邪をこじらせて肺炎になり急死した悲しい出来事があったからだった。健康に育った兄だが両親の不安は大きく、本人の気の進まない上京を強く進めなかったのだと知った。

兄が四十代に入ってしばらくたって、健康だった父が心筋梗塞で急死。長男である兄は急きょ、父の会社を継ぐことになりますます家を離れての大学進学は絶望的となった。それでも春の受験シーズンになると心なしか兄の視点はいつも東京の空に向いていて、心ここにあらずの様相だった。そんな兄の心中を察して私にとっても春の訪れは長い間、灰色の季節だった。

ある秋、兄の会社の慰安旅行が東京と日光方面にきまり社員一同乗車したバスは、日光いろは坂を走行していた。車内はご多分にもれず社員によるのど自慢がマイクを席順にまわして始まっていた。兄の席にマイクが回ったとき音痴の兄は棄権するだろうと私は思っていたが、兄は歌う様子をみせたので、私はハラハラしながら下をむいていた。と、全く予想もしないシャンソン「枯葉」を兄は得意げに歌い出したのだった。

東京在住の私は息子と途中で兄たちのバスに分乗させてもらい一緒に紅葉見物に参加中だった。兄の選曲に戸惑いを感じて恥ずかしさに顔を上げられずにいた。流行歌や民謡を歌う一行の中でシャンソンはどう考えても場違いの選曲だと私には思えたが、後々まで兄には私の意見は秘めていた。

時は移り兄は五十代に入っていた。ちょうど兄の二女が大学受験の準備中だった。娘の受験勉強に役立つ情報を模索しているうちに兄は自分もいつしか一緒に受験勉強にはげんでいたのである。

折しも東京の某私大の募集要項に耳慣れない社会人入学制度の発足が記してあった。兄は腕試しに願書を出し受験したのだった。ところが合格通知が届いたのでびっくり仰天。まさかと信じられなかったが、うれしさ半分、後は大きな戸惑いを感じたのだった。その直後、私宛に兄からの手紙は次のようなものだった。

「…先にもお知らせしたように私の社会人入学制度合格の件につき、再度お便りします。いざ現実に直面するといかにすべきか戸惑いでいっぱいです。あなたの意見を聞かせてください…」

とあった。正直のところ、私は遅すぎても東京での大学生活を兄には体験してもらいたいと切望していたので反対の意向は無かったが、身内には今さらと反対をちらつかせる人も居た。せっかくのチャンスを無にすることはないという前提でも、親のすねをかじっての十代、二十代の東京遊学と、会社経営と家庭を持っての五十代の勉学

は何と大きな相違があるのだろうか。途方に暮れる兄の立場を察すると私は返答に窮した。しばらく戸惑っていると、

「二月までにどうするか結論を出せばいいのだから、じっくり考えて答えを出します」

と兄の再度の手紙は結んであった。対する私は次のような手紙を送った。

「…二十代前半まで貴方は懲りずに不可能の挑戦に時間を浪費しましたね。東大という唯一の大きな目標以外に的がなく、東京の予備校は不健全な環境という偏見で拒否し、家業を手伝いながら二度、三度の挑戦。そのあげくついに郷里を飛び出す機会を逸し、父亡き後、一介の経営者として夢を捨て、たいして好きでもない仕事に明け暮れる長男としての立場に私は少なからず心を痛めてきました。

やっぱり、いくつになってもあなたには果たせない夢の実現に邁進してほしいですね。困難は覚悟の上、ひるまずにこの最後のチャンスに賭けて悔いのない人生を全うしてください。　妹より」

兄は四月、娘と一緒に晴れて東京の私大生になった。正規の大学進学から三十年たって兄に、やっと遅すぎた青春が舞い戻って来たのだった。

職業柄、地元の秋田大学鉱山学部は、かなり以前に卒業していたが、やはり青春時代にかなわなかった東京の大学生活を体験せずには人生を終えることはできなかったのだろう。

会社経営のかたわら東京の大学生活と両立は大変だったと思うが、兄の会社の社員一同の協力と家族の応援で東京の大学卒業証書を手にしたのだった。

ある日、私は兄の池袋のマンションを尋ねたことがある。

「今、卒論に取り掛かっている。なり振り構わず…、人に会える状態ではない…」と面会謝絶。私は、年甲斐もなく兄が大学生活の大変な時期を体験中の様子をかいま知る機会となった。どんなに頑張ってもまたひいき目に見てもそっくり青春を取り戻すことは不可能と気づいただろう兄の半生であるが、私の長い憂鬱の春は少し和らぎ、今は爽やかな春色の明るい空を仰げるようになって率直にうれしい。

兄　福岡政弘

平成二十五年一月五日　大腸ガンで急死

享年八十一

叔母の見事な掃除法

私の叔母は父の妹で近郷に嫁いで三人の娘の母親だった。が三女は幼児のとき自宅庭の梅の木から落下の青梅を食べて亡くなったと聞いたことがある。上二人の娘、つまり私の従姉妹は私と同年代で、よく遊んだり喧嘩したりの記憶が懐かしい。

叔母の嫁ぎ先は生家から数キロ離れた同じ農村部だった。叔母の家の前庭に広い畑があり叔母は一日中、畑作事にいそしんでいた。いつ訪ねても彼女が家の中で主婦している姿の記憶は私に無いのである。つまり彼女の仕事場は家の外、野外の畑だった。畑仕事に一生懸命に取り組んだ結果、叔母はやがて野菜の種とか苗造りのベテランになって、その関係の客や友人の訪問が多くなり家の中にいる暇はますます無くなっていた。

近郷の町の商店街に毎月決まった日に市《いち》が立つ習わしだったが、叔母は自分の手塩にかけた野菜や種苗の売り場を確保するほどになっていた。当時、農耕の働き手はもっぱら馬力に頼っていたから、各家の玄関を入った広い土間の一角には馬小屋があった。叔母宅には二頭の栗毛色の大きな馬が頭をもたげていて近づけなかった。ある時、親に連れられて叔母宅を訪ねたら、馬小屋に大きなテントで覆いがしてあって馬が見えないように囲ってあった。なんでも馬の交配中とかで、近所のおじさんたちが集まっていた。その種の分野も農村の男衆の役目だった。

叔父は農業よりは背広姿で町の行政にかかわっていた。よく選挙で当選したとか、危ないとかとささやかれていた。叔父には兄弟が多かったようで、叔母とのもめ事も多分にその辺に原因があるように子供心にも思えた。

小学低学年頃、叔母がとうとう離婚することになって小学生の娘二人、つまり従姉妹は一足先に実家である私の家にやってきた。下の従妹は私と同学年だった。大きな唐草模様の風呂敷にいっぱい自分の大事な玩具を包み背負ってきたので、私は物珍しくて何が入っているのかとても興味があった。

当時、農村には富山の薬売りが各家々を訪問販売していた。大きな風呂敷包みに段々のはこを何段か積み重ねて置き薬を入れ背負って町村を徒歩でセールスしていた。従姉妹が富山の薬売りみたいな恰好でやって来たのにはびっくり仰天だった。座敷で風呂敷を解いたら見たこともないような手まりなど物珍しい玩具が出てきて、同じ年代でも地域によって遊ぶ道具が違うのだと知って私は驚いたのだった。

ところが肝心の離婚する主役は一度も姿を見せないばかりか、家の中で叔母の離婚話を大人たちは一言も口にしないのだった。実に静かな実家だった。多分、叔母は毎日婚家の畑で働いているに違いなかった。大切に育て管理している農作物を放置して実家に来られるはずはなかったと私は今になって気づくのである。

叔母の畑はよくある普通の家庭菜園ではなく、専門家の農耕地に近づいていたから、叔母は家庭内で不愉快なもめごとがあっても、畑仕事を放棄して実家に帰れるはずはないのだった。

とうとう離婚の当事者が姿を現さないうちに従姉妹たちは一週間ほどで自分の荷物ともどもいなくなって、すっかり叔母の離婚話は立ち消えになった。一度ならず二度三度と同様の珍現象は繰り返されたが、毎回同じ鎮静のコースを辿っていた。

後年、従姉妹達と顔を合わせると当時のことは笑い話になっているが、私の家から自分たちの小学校に三町村を徒歩で登校した屈辱の一週間は、どんなにつらかっただろうか。そのくだりになると二人はしゅんとなって言葉を詰まらせるのだった。

本当のところ叔母宅でどういう騒動があったかは不明だが、元の鞘におさまる程度の内輪もめとすればどこの家庭でも、一、二度は起こりうる他愛ない人間関係のもつれだったろうと推定される。

ところで離婚話とは別のもう一面、叔母の素顔を私は書かずにいられないのである。ある時たまたま用事で叔母が実家に顔を出した日があった。働き者の叔母は箒とはたきを抱えて実家の二間続きの和室の掃除に取り掛かるのだが、目に見えない畳の奥に潜むゴミまでたたきだそうとして畳の縁を思い切り強く踏みしめ、気合いを入れて奮闘する見事な掃除法だった。

以前、私は女優市川悦子主演の新劇を舞台の前席で見たことがある。丸い肉の塊が舞台いっぱい転がり回る大変な迫力を感じた。叔母の掃除の独り舞台は悦子級の気迫に満ちた一見に値する大舞台だった。その母親である祖母も私の母もそのような激しい掃除の仕方はしなかったので、叔母独特の掃除法は本格的、掃除機もたじたじとなるすご技と記憶している。

通夜のアクシデント

一、離婚宣言は日常茶飯事

都内に住む私の姉の娘は、二人の女子高生の親である。姪は父母会に出席する度にバツイチの母親が増えるのに驚き、実家の母とその話題で弾むそうだ。出席の母親たちが毎月、「今度、独身に戻りました」と堂々と離婚宣言する現状を娘から聞くたびに姉は時代は変わったとの実感を新たにするのだった。つまりそのようなプライバシーは人前で報告するものではなく、秘めておく個人情報に違いないと思っていたのである。

現代女性の逞しさに圧倒される昭和一桁生まれの姉。離婚などは女の恥、婚家や夫に不満があってもがまんして一生添い遂げるのが女の務め。不幸にして別れるような事情が発生しても人前ではマイナスの情報を明かさないのが常識、という風習の中で育ち生きてきた世代。今は離婚は屈辱でもなんでもない、おおっぴらに公言していいのである、と若い妻たちは証言していると会得した。

自営業だった姉の夫は仕事と飲酒だけがわが友、趣味も家族団欒《だんらん》などというしゃれた時間も持たない人だった。くどくどと自分流を押し通してしばしば姉を困らせたようである。仕事一筋の一生だったからか義兄は五十代半ばで倒れ十五年ほど闘病の末、他界した。

姉は夫の通夜の席で、親族を前にして喪主挨拶に続いて一言余計な、今までのうっ憤を吐きだしたのだった。

「…もし来世があっても…」

と言って姉は一呼吸おいた。その後のセリフは言わずと知れた、「またお父さんと一緒になりたいと思います」とくるところを、

「…来世があっても、私はもう結婚はいたしません…」

と言い放った。つまり今までの夫への不満を公の大一番で吐きだしたのだった。義兄の妹弟は多かったので、その連れ合いや甥、姪たちが参列していた。私はなんとも都合悪くなり、言わなくていいのにと思いながらうつむいて成り行きを見守った。幸いみなさん「心得ています」という了解ずみの表情で場を保ってくださった。

まさか喪服姿の姉がそんな大胆発言をするなどと思ってもみなかったので私は一瞬戸惑ったが、姉はどうしてもそのひと言を言わずに居られなかったのだろうと理解した。

今度ほとぼりが冷めた頃、姉に言ってあげようと思う言葉が思い浮かんだ。

「姉さん、そんなに無理して我慢する必要無かったじゃないの。姉さんだって、堂々と離婚すればよかったのよ」と。

未亡人になって姉はいま息子と二人暮らしを楽しんでいる。

二、見知らぬ弔問者

姉のお姑さんのSさんは公務員の夫を長い間介護し見送った小柄な体型のおばあさんだった。嫁姑の争いに悩むことなく姉はいいお姑さんに恵まれたと私はいつも思ったものである。七人の子供を育て老後は独り暮らしを所望し古い家で暮らしていた。子どもたちは皆、家庭を持ち都内や近郷に住んでいて、交代で母親宅を訪れて親交を

絶やさずに過ごしていた。ある時、

「どうも食が進まない…」

ということで医師の診断を仰いだ結果、大腸癌と診断されたのだった。手術はできないということで、治療後は子どもたちの家を順繰りに移動して養生したが十ヵ月後に亡くなった。

Sさんのお通夜の夜の出来事である。通夜が始まる直前、見知らぬ男性が立ち寄り、

「以前、となりのアパートに住んでいた者ですが、昔住んだ場所に来て見たくなって寄り道した所が、ご不幸があったようですね。住んでいたころ大変お世話になった者です。用意して来ませんで失礼とは思いますが、わずかですが御供えさせてくださいませんか」

と三千円をティッシュで包んで姉に差し出したという。姉はもちろんのこと他の妹弟もいくら思いだそうとしても記憶に無く、完全に初対面の人だったと結論づけご仏前は辞退したが、見知らぬ弔問者は聞き入れずに焼香して立ち去ったという話だった。

その不思議なエピソードを耳にした私は、Sさんに限って言えば充分あり得る心温まる話と確信したのだった。

父との距離、今昔

母親より父親が大好きな私の孫十歳の女児を見ていると、自分たちの時代とあまりに違うので驚くばかりである。殆ど父親べったりの孫は一人っ子のせいかも知れないが、父親を兄弟のように自分の好きなように指示して、楽しく遊んでもらっている。だから一人っ子でも寂しくないのだろうと思うが、大人になったら一人っ子の功罪ははっきりしてくるだろうと私は内心、心配している。心配したところでどうなるものでもないし、私の関わる時間はそう長くはないはず。

一体、孫が何歳になったら異性を意識して父親と距離感を持つようになるか、目下の私の関心事である。夏の暑い時期などべったりくっつかれたら暑くて閉口すると思うが、子どもは暑さは苦にならないようである。

私の孫に限ってか、と思っていたらそうではないとわかって驚いた。ある時テレビを見ていたら、見知らぬ親子の交流映像が目に入った。子どもが二人のうち一人は父親の膝に乗り、首に両手をまわして顔をくっつけている。もう一人は背中におんぶする恰好で父親の首に両手を回している。蛇に絡みつかれたような父親の顔、見ていてとても奇異な映像だった。やはりと苦笑しながら納得するものがあった。父親の権限が半減かまたは消滅しているような現代の父と子の密着度である。私たちの時代、威厳のある父親像は今の時代消滅したと考えて良いようである。

私の父は無口で下戸、子どもの前で醜態をさらす人ではなかった。怖い存在だから近づかないのが私たち兄妹の日常だった。父に何か用事がある時は母親を通して伝えてもらい、返答も母を通して父の意志や意見を知るという不便なやりとりであった。つまりわが家の親子関係はコミュニケーションに支障があるいびつな関係と言えた。

日常、父親を避ける生活だったから父の過去や思考、未来への希望などは何か、子どもとして知らねばならない大事な項目は何一つ知らずに育ち大人になったといっても過言ではない。まるで父親とは他人の関係と言っても間違いではない、寂しいつながりと言えた。父のことを何も知らないから驚いたことがある。

戦争が終わって間もなく、サハリンで木材業で成功した母の叔父が無一文で引き揚げてきた時、わが家で叔父の再出発の盃を酌み交わした。父は飲めない酒を多少口にしたのだろうか、酔うほどに口が軽くなり、

「またそのうち向こうに行って、頑張りましょう…」

と叔父を励ました。叶わぬ夢を父がつぶやいたので私はとても奇異な感じを受けた。多分飲めない酒を無理に飲んだせいと私はかってに推測した。

叔父には妻はいたが子どもはいなかった。叔父は郷里に引き上げてきて隣町の空き家を借りて夫婦で木材の仕事を始めていた。叔父の手がけた屋根材等の販売に父は協力していたから叔父は時々、わが家を訪れていた。

当時、私の父は五十半ば、中小企業の経営者は農家の長男に生まれたが、早くから親戚が経営する会社に住み込みで働いていた。ある時、わが家で宴会があって酔っぱらった父が赤い顔で私の前で口を滑らした。

「…何度止めようと思ったか分からない」という内容だったと記憶するが、その裏には青年時代、ブラジル移民を夢みていたらしく周囲の猛反対にあい挫折したのだと、その経緯を私は叔母たちから何度か聞かされていた。

叔父さんを激励する父の言葉に私は父本人の挫折した青春の夢の片燐を感じとった。

「また向こうに行ってやり残した仕事をやろうじゃないか…」

叔父を最大級の言葉で激励した父。と同時に自分の果たせなかった若き日の夢を呼び戻しているように私は感じとった。

叔父が亡くなったとき父は遺産相続人に私の母を加えた。大した遺産額でないから辞退して当然のように周囲は思ったらしいが、私は姪である母こそ最大の相続人だと密かに思い、父の対応は妥当だったと思った。

なぜなら、私の父は最大級の激励を叔父に贈ったたった一人の関係者だからである。

わが家の愛猫

詩

惜別の季節

――花嫁ご寮は　なぜ泣くのだろう

幼少からなれ親しんだ
ひな祭りのメロディを耳にすると
春まぢか…
セーターを脱ぎすて　軽装でお花見したり
色とりどりの草花になれ親しむ絶好の季節
喜びもひとしお
華やいだ女児の節句　三月三日は
なつかしいメロディで幕開けです
しかし「花嫁ご寮は　なぜ泣くのだろう…」に
私の胸は　おしつぶされそうです

平成二十一年三月三日朝方
わたしの母は病院のベッドで　ひとり静かに息をひきとった
五年間の長い闘病の末
母ノエ　九十三歳は五年前の年末　実家の自室で倒れ
家族が気付いて救急車で病院へ搬送
母は小脳からの出血で　一命はとりとめたが
右手のマヒと言葉を失った

母を見舞う東京秋田間を往復する
私の不測の日課が始まった

二十代初め　私は小学校教師を二年間務めたが
長い間　胸につかえていた願望

「小説を学びたい」との無理を押し通して上京
以来　母の仕送りをうけての挑戦

三十代の初めから病身の母は
優しさの中にも強靭な　何かを持っていた
夫に従順な明治女は
いざという時にはいつも　娘の防波堤になっていた
父と娘の葛藤に　傍観のポーズをとりながらも
最終的には娘を擁護し　強い母の胸像で踏ん張った

それを明かすエピソードがある
私の記憶から消えることがない　懺悔の一話でもある

昭和二十年代半ば　戦後の後発した時代だった

娯楽のない高校生活を　送っていた私
唯一　心を解きほぐせる聖書の勉強会があった
学校帰りに　近くの教会でクラスの有志と
司祭を囲んで聖書を読み　聖歌をうたう…
楽しい別世界ですごす幸せなひとときき
県立高校の厳しさは　映画入館禁止　食べ物屋入店バツ…
閉鎖的な校則のなかで　週一の道草は
ゆいいつ気分転換　癒やしの場だった
ある日　私は教会の売店で十字架の壁掛けを買った
家に帰って　壁に掛けようとしたら
父「日本に仏教がある　なぜそんな宗教にこるのか…」
とおかんむり　母は父の忠告を無視して
憤然と十字架を抱えたまま　掛ける場所を探してくれた
「どこにかけようかな…」とつぶやきながら

その真剣な姿は　今も私の瞼にやきついて離れない
そのとき　私は母にすまない気持を持ったのだが
「母さんいいよ　掛けなくても…」と言うべきであった
そのひと言いいそびれた悔いが
何十年たっても消失も薄れもせずに　今でも私を苦しめる

新幹線　という時間短縮の乗り物のお陰で
郷里が近くなり　月に何度も母を見舞うことができた
発車待ちのホームや　混む車内でも
ほとばしる心象風景を紡げる短歌に　心がそよいだ
母が倒れてから　落ち着いて机に向かう時間が減ったが
旅の途中　心のつぶやきをメモることは可能だった

母の容体は一進一退のじれったさ

病院のベッドで　九十八歳の誕生日を迎える母
母は死なないかもしれない
願望と不安の中　私に疲労感がたまっていたのだろうか
十二月の見舞い後
次は春になったら訪ねる心積もりだったのに
春暖を待たず　母はひとり父の元に旅立った

Ⅱ章　東京の空

壺井繁治・栄夫妻との対面

一

私が第一詩集「屍」を出した一九六四年は、東京オリンピックの年だった。私は会社勤めを辞めて、次に何をなすべきか、模索中とあって時間はたっぷりあった。

中央沿線の阿佐ヶ谷に住んでいたので、マイ詩集を寄贈するのに郵送でなく直接、諸先生宅を訪問して手渡ししようと考えた。詩人は、貧しい暮らしを余儀なくされている、が社会一般の通念だったが、果たしてそうなのか、実際はどうなんだろう。失礼とは思ったがこの目で確かめたい欲望にかられた。地図で確認すると、一番近距離に壺井繁治、栄夫人宅があった。スタート地点が決まった。面識も紹介状もなく初対面同然である。いや、詩の教室か文学学校で講師役の繁治氏には会っていたように記憶しているが、私は別に彼の愛読者でもファンでもなかった。栄夫人とはまったくの初対面。彼女の著書『二十四の瞳』の読者で映画も観ているが、ファンというほどのものではなかった。

中野の壺井宅は閑静な住宅地にあった。通りから細い私道を二十メートルほど奥まった平屋建。私が私道を玄関先に向かって行くと、庭先に立つ和服姿の巨体の主がじっとこっちを見つめているではないか。午前中のすがすがしい時間帯だったから夫人は食後、一息入れて庭先で気晴らしの草花を眺めていた様子。ふいに自宅に向かってくる見なれない女、どうやら自分目当てではないと直感したらしく、私に向かって、「シゲハル（繁治）に？」とおっしゃった。さすがの勘のよさ。しかもいやな表情を見せずにとりついでくださった。開けっぴろげの玄関先から家の奥に向かって、

「シゲハル…」と呼び捨てに…。一分と待たずに繁治氏が現れた。

同郷の幼なじみは夫婦となっても以前どおりに、お互いを名前で呼んで世間の常識など意に介さぬ一面をのぞかせた。壺井氏は正確には「シゲジ」のはず、しかし、「シゲハル」と呼ぶ方がはるかに若々しくって響きがいい、と私は思った。

夫人がいやな顔ひとつせずに、夫君を呼んでくださったお陰で、私は目的遂行できた幸運を夫人に感謝しなければいけなかったが、夫人が目の前に居ては私は繁治氏に言葉を発することができなかった。

二

それから二十数年ほどたって私は四国一周の旅に出る機会があった。主目的は、高知学芸高校の生徒が中国旅行先の上海で列車転覆事故に遭遇し、死亡生徒の遺族が訴訟をおこした裁判の結審日に、遺族代表の中田喜美子さんと会うためだった。『地球の歩き方・四国編』を持ってこの機会に四国をくまなく巡ろうと周遊券を買って張り切って出発した。

まず最初に、主目的の高知市で大事な要件を済まし、一泊してからスタートした。四万十川、足摺岬、道後温泉などをめぐり小豆島にたどり着いた。そこで一泊し、翌日、島一周の観光バスに乗った。栄氏の小説『二十四の瞳』の舞台である。映画のモデルとなった小学校の一部は保存されていて、舞台となった小学校の窓から瀬戸内海に沈む太陽を見た。

道路をはさんだ真向かいの空地に栄氏の資料館が新設されたばかりだった。入場すると、いきなり目に飛び込んできたのは栄氏愛用の着物だった。他にバッグ、筆記用具など身の回り品の数々、氏の面影がほうふつして、立ち去りがたかった。過去がよみがえった。

壺井宅を訪問した日、真にお目にかかりお話したかったのは「栄先生貴女様に」と申し上げるべきであったと、私は深い後悔の念にかられた。

四万十川で　筆者

女友だちは、お一人様…

私が上京して最初に親しくなった女友達は文《フミ》さんという二歳年下、いつも笑顔を絶やさない感じの良い女性でした。早稲田一浪、二十歳は、両親が弘前出身者で、文さんも子どもの頃何年かは弘前に一家で住んでいたという思い出話から親しさが増したように記憶する。と言って東北訛りの抜けない私と違って文さんになまりはなかった。

入学したばかりの学部の廊下で、突然、背後から声をかけられた。ずっと前から知っているような気安い態度は、もしや私の秋田訛りが引き寄せたのかもしれないと思ったりした。化粧気もなく大抵グレーのタイトスカートをはいて、あまりおしゃれに関心がない人のような第一印象だった。何日も一着のスカートで通す人は笑顔を絶やさない優しさで人目を引いた。

しばらくたって親密度が増すと文さんは、六人姉妹の真ん中の自分は損な存在だったと家庭内の不満を口走った。

「上と喧嘩しても下と言いあっても叱られるのは決まって私なのよ」

と不満を白状したので、兄妹の少ない私はそんなものなのかなあ、と初めてよそ様の家庭の事情を知ってびっくりしたのだった。上二人の姉さんは嫁いでいて、下に年の離れた妹と二人の弟がいるらしかったが、まだ大学生になるのに何年もあるので文さんはもう一浪してまで早稲田にトライしたかったと悔しさをにじませた。大切な青春と親の懐を当てにしてまで入りたい早稲田で、何を学びたかったかは聞けなかった。何になりたいのか、何を目指しているのかは分からない人だった。二年間ほど学校以外でもお互いの住まいを訪ねたり、都内を散策して交流したが、ある時期ちょっとした行き違いでしばらく学校でも会わない時期があった。彼女と親しい友人は私の他にも居たから文さんの消息を尋ねると、

「彼女は休学して、渡米したんだ…」

「えっ?」

と詰まり、私は言葉を失った。今日のように渡航が日常茶飯事でない時代、一ドルが三百五十円台の一九五五年当時である。

「してやられた」という思いが先だった。もっと厳密に言えば、嫉妬心以外の何ものでもなかった。文さんがどういう経緯で、なぜ休学してまで渡航したのか、いくら

考えても思い当たらなかった。

私は児童文学のサークルに入り新しいメンバーと交流し始めていた。文さんはサークルにも入らず、浪人して大学に入学したにも関わらず、方向性を見いだせずにふらふらしているように見えた。

あるとき、駅のホームで五、六人の男女のグループの中に文さんがいたから、声を掛けるとこれから皆で都内に出かけるような話だった。学生ではなく社会人の男女となぜ交流があるのか不思議だったが、私は彼女たちと一緒に電車に乗って最寄り駅まで同行した。皆さんは看護婦さんとかお医者さんのメンバーということだった。なぜ彼女がそういうグループに居るのか疑問だったが、改めて尋ねなかった。渡航がそのグループと関係あるのかも知れないと私は勝手に想像して心を鎮めた。

が、私の想像はあたっていなかった。文さんはたまたまクラスメイトに誘われて都内のキリスト教会のイベントに顔を出した。その日、偶然にも教会では本部から世界の青少年交流の集いにメンバーを派遣する要請がきていた。信者、非信者に関係なく青少年なら該当するので、初対面だったがにこやかで人当たりのいい文さんは目をつけられたのだった。

大学に入ったものの第一志望校ではないし方向性を見失っていた彼女は深く考えることもなく手をあげたのだった。教会側は喜んだが問題は文さんの両親をどう説き伏せるかが難問だった。二浪して早稲田を狙いたいと母親に頼んでいたが拒否の返事に参っている娘を察して、母親は文さんのとんでもない願いを承諾したのだった。反対する父親に対しては、

「文ちゃんの希望はかなえてあげると言ってあるから、反対しないでちょうだい…」

と母親は強気の発言をして夫を牽制した。大学には休学届を出してオーケーが出た。渡航費と滞在費は教会と関係機関が負担したので文さん個人の支出はゼロだった。おとなしい文さんの方向転換は見事にかなったと私はただただ恐れ入るのみだった。

海外でのイベント期間が過ぎてもすぐに帰国はせずに各国の関連施設を巡って帰国した後、文さんはみんなより二、三年遅れて復学した。卒業後はその関係の国際ボランティア団体の日本支社のお役所に勤務していた。

一九七〇年代初め、私は二人目の子育てに追われていたある日、テレビの前で赤ん坊にミルクを与えながらテレビ画像に目を落としていた。

折しも「ドキュメント・インドのライ施設で働く日本医療班」が映し出されていた。

と、見覚えのある女性の顔、大写しの笑顔は私の方を向いて微笑む。

かの文さんだった。鼠色のスカートならぬ、紺のタイトスカートに白いブラウス。日避けの帽子、相変わらずシンプルな服装は文さんと直感した。この二度目の驚愕もまぎれもなく嫉妬心に近かった。陳腐な言い方をすれば、私はかなりの犠牲を払って、青春の志を持って上京したのだから、育児に明け暮れる日常性にたまらなく焦りを感じ始めていた。子どもは大好きで子育ても楽しい日課だったが、友はボランティアで世界を駆けまわっていたのである。異国の市場でスタッフの夕食の材料を求めに汗だくで微笑んでいる文さんの健康そうな笑顔が眩しかった。


それなのに私は文さんの帰国後、彼女に月並みにも結婚を勧めていた。無類のお人よしでもボランティアに一生を捧げるのはいかにも虚しいという私の独断からである。

元高校教師、当時テレビ局に転勤していたＡ氏を紹介しようと思ったのは、彼は同じく東北出身者で文さんが入学したがっていた早稲田の出身者だったからである。彼は長身でちょっとおしゃべりなのが玉に傷、どういうわけかいつも配偶者選びに難航していた。東大看護科のがっちりした女性がいつも彼の側にいたから彼女と結婚するのかと皆は期待していたが、いつしか彼女はグループの集まりに姿を見せなくなっていた。当時私も独身だったが、結婚相手としては彼は好みのタイプではなかった。そうはっきり宣言して集まりには出て時間を浪費していた。私にはふさわしくなくても文さんにはお似合いと思ってA氏の写真を文さんに送ったら、折り返しどこかの牧場をバックに立つ文さんのスナップ写真が届いた。が、若い時の写真なのか全体のイメージがやせ型で顔の輪郭はわかるが表情も顔のつくりもまるでとらえどころがない。およそ見合い写真には不向きな一枚だった。私は途方に暮れ、いかにも世事に疎い文さんらしいと苦笑しながら同封の手紙を読んだ。

「…自分は結婚する気はありません。代わりに妹の写真を同封します。アメリカン・スクールの先生をしています。もう三十代半ばです、よろしくお願い致します…」

彼女らしい申し出と感心しながら、うっかり間違えるところだった…。

あまりにもよく似た姉妹だったからと、感心してしばらく妹さんのプロフィールに見入った。でも何ゆえに彼女はこうまで結婚拒否に徹するのか、私は大いに疑問だった。私たちが出会った青春真っただ中のどのページにもその原因らしき端緒は見当たらない。多分、もっと若いころ家庭環境に原因があるのかもしれないと、私は勝手に憶測した。結局私はA氏に写真を送らなかったし、以来、A氏に誰かを紹介することも止めた。

私と文さんとの付き合いは今日まだ続いているが、もう結婚話はしない代わり、なぜ彼女は頑なに結婚を拒んできたか、正解を出さずには居られない私の気持ちは持続していた。本人が自発的に話さない以上、私は勝手にあれこれ詮索する以外になかった。

ところが最近になって文さんが自分から「お一人様」の理由をあっさりと白状したのには驚かされた。青春時代に観た米国映画の俳優ゲイリー・クーパー扮するところの映画の主人公の生き方に賛同する余り、いつしか主役を演じた俳優さんに傾倒してしまい結婚の意志はずっと削がれ続けていたのだとは…。

「まさか？」と私は即座に否定した。長い間、疑問に思っていた原因がそのようなミーハー的な理由だったとはどうしても思いたくないのである。すると文さんは照れ臭かったと見えて早口でまくしたてた。

「スペイン内乱に参戦して命を落とした『誰が為に鐘は鳴る』の勇敢な主人公や『十二人の怒れる男』の人道陪審員や悲恋に終わった『ローマの休日』の新聞記者な

ど素敵な役柄をこなした魅力的な俳優さんが活躍した映画があったでしょう。現実にそのような正義感の強い、魅力的な男性が身近にいるかどうか分からないが、居ないと断言はできないでしょう…」

私はそれ以上聞く必要はなかったし、聞きたくもなかった。配偶者として望ましい対象を追い続けた人生は幸せと言えなくもない。適当なところで妥協して選択し生きてきた私は、友の生き方を否定する気はさらさらないのである。

東京はいつも曇り空

実家の母を見舞っての帰途、上野行き寝台車の中で、制服姿の女子高校生が乗車してきて私の真向かいの席に座った。背丈はあるがまだどことなくあどけなさを残した少女。古めかしい表現がぴったりの清楚さが気にいった。

私もその年代の娘を育てた経験があるから親しみが増す。下校途中といういで立ちで手提げカバンとお土産用だろうか、デパートの紙袋を携帯。子どもが一人で夜行汽車で上京とは、この何十年と夜行列車で郷里を往復しているが今まで無かったことである。なぜだろうといった疑問符で私は彼女を見ていた。たぶん就職試験に関係あるのだろうが、いきなりプライベートな話は禁物である。

深夜近くなり列車内は静まり、いざカーテンを引いて個室に横になろうとした時に、真向かいで彼女が笑顔で話しかけてきた。

「よく眠れるかしら…？」

「寝台車は初めて？」

話のきっかけを少女が作ってくれて、やっと不安そうな少女の保護者みたいな立場で親しく会話ができて、私はほっとした。

「そうです…」

「東京には面接に行くの?」

当初からの疑問を私はやっと口にできた。

「そうです。大館はバイト先が全然なくて、仙台まで出ても無いんです。やっぱり東京でないと…」

その東京の求人先は大半が外食産業だという。話を聞いているうちに私は悲しい気持ちになった。多種多様な文化と活気溢れる日本経済の中でさまざまな個性が尊重され活かされるべきなのに、十代の少年少女の労働力を必要とする企業が一つの職種に偏っている現実は情けない話ではないか。

目の前の少女も各地に支店を持つハンバーガー店の面接に行く途中だった。料理が趣味だから、採用されたら店頭に立って頑張るのだと張り切って、はるばる東京の面接会場まで行く途中だった。単に収入を得るためだけでなく趣味を活かして将来につながる道を模索しての道中とわかった。彼女の不確かな未来は私にも伝わってくる。

私の娘も週に三日近くのファミリー・レストランでバイトをしていた。豪州に英語研修に渡航する費用捻出のためであった。高一は都立高ではバイト禁止だったが、先生たちが食事にみえて、自校の生徒が働いているとわかっても見ぬふりしてくれたそうで娘は、

「平気」と強気であった。

「…確か東京は時給八百円って言ってたね」

と私が余計な情報をもらすと、少女はすごくびっくりして、秋田はそんな高い時給はもらえない…。

「せいぜい六百円どまり…、それで高い方になりますね」

とバイト料の地域差をのぞかせた。

早朝、上野駅に近づくと下車する客の気配がして大宮に着く頃、空はどんより低く雲が立ち込めていたが、上野駅に着いた時はガラス窓を雨水が流れていた。今日は生憎の天気だとつぶやくと、少女は窓越しに上空を見上げて、

「東京はいつもこんなお天気ですか？」

と心配そうな一言。私は苦笑しながら、

「今日は生憎の雨模様だけど、晴れの日だって多いですよ」

と答えた。初めて寝台車で上京し不安いっぱいの少女に天候は味方してくれなかった。でも上野駅ホームには、彼女の名前を書いた紙をもった関係者が迎えに来てくれていた。私はもう行きずりの少女の世話を焼かないでいいんだとほっとした。

戦中派の小中高校教育の貧困と現在

第二次大戦中やそれに続く戦後の混乱期に小中高校在席中の子どもたちは一様に貧相な教育体制の中で育ってきたのは否めない。

戦時中、農村の小学校に入学した私は殆ど教員資格のない代用教員の女教師が担任だった。人間的には温味があって助けられた点もあるが、女学校卒の代用教員の指導上の不備はその後、折に触れて痛感させられた。国語について言えば、作文はよく書かされたが、誤字脱字、発音の指導は不充分だったとのちのち痛感しきり。その一例が、高校生になって当番日誌を書き、提出すると担任から、「誤字が目立つ」と返却されて気づいた。長い間正しいと思って書いてきた漢字が誤字だったとは、ショックが大きかったし正しい漢字に書きなおす手間と労力が大変だった。今でもその後遺症を抱えていて記憶にある漢字が正しいか確認するのに辞書は手放せない。

高校生活に言及すると、地方では歴史ある県立高校に入学したにも関わらず、戦後間もなくのこと故か先生の質は粗悪だったと痛感する。人間的にも尊敬に値する教師と出会えなかったのはとても不幸だったと言わねばならない。その一例が、高校一年の夏、期末試験の時、私のそそっかしい性格の一現象の結果と思われる大失敗をしでかしたのである。テスト直前まで参考書を開いていた結果、前の人からテスト用紙が回ってきて自分の分一枚を目の前の机におき、後の人に残りのテスト用紙を渡して、すぐに自分のテスト用紙に向かい書き出したが少したって開いたままの参考書が記入中の答案用紙の下に置いたままであることに気づいたのだ。書くとき下に何かあるとは全く気付かなかったので、どうしようと迷ったが、当番で来ているＡ先生を見ると、こっちを見ているがそのまま参考書を閉じて机に入れたところ、

「何だ…」

と言いながら先生は私の席に近づいてきた。私の態度は参考書を見るための行動ととられても致し方なかったと思う。私にとっても、先生に納得してもらえるように説明はできなかった。机の上に広げたままの参考書があったことをどう説明したら分かってもらえただろうか。

その日は、それ以上何の追及もなかったが、翌日テストが終わって学年担任に呼ばれ事が大きくなった。学校サイドは、参考書と私の書いたテスト用紙を比べてみて参

考書と同じ文面はないと確認したにもかかわらず事体を大きくした。翌日からの夏季休暇は私にとって雨あられの日々だった。二学期も学校に行けない日があって、家族にも大迷惑をかけたのだった。

いっそ中退して上京しようかと何度考えたか分からない。生徒を疑い、信用できない先生は寂しくないだろうか。

以上のような払拭できない一件があって、私の高校生活は良い思い出が無いばかりか、人間的に尊敬できる教師に巡り合えなかった悔しさはとても言葉にできないほど大きい。

敗戦国の国民は物心両面からの飢餓感からぎりぎりの所で生きていたのであろう。A先生は鍬を担いで私の住む国道を徒歩で、数キロ先の橋のたもとの原っぱに通い、農作業にはげんでいたらしかった。戦後数年間は日本国民は精神的にも飢餓状態で生きていたのである。A先生のうっ積が私に向けられても、仕方のないことだったと思うしかなかった。

一方、一九八〇代半ばに高校受験した私の娘は市内の都立高校と都内の私立女子高に合格し、自転車で十数分の都立高校に進んだ。日本の教育環境はだいぶ充実してきて平和な雰囲気に馴染んでいると感じられる時代に高校生活を送る娘たちは、幸せな選択肢が多いのに羨望を禁じ得ない私だった。東大卒の先生もおられた。先生は職業化しているとの批判もちらほら問題視されだしていたが、数学の苦手な娘はいつも生徒の間を回って個人指導してくれる数学の先生がいて助かるとつぶやいたことがある。

明るくスポーツマンの担任はどこにいても快活に声をかけてくれる親しみやすい存在のようだった。今様の先生は個性的に、自然体で生きておられてドライなどと言われる反面、生徒の人間性を尊重しているのはありがたい話である。

昨今はどこの高校も中退者が増えているといわれるが、「あの先生が居たから中退せずに卒業できた」といった厚い師弟関係があちこちに転がっている時代であってほしいと願うばかりである。

氏名についての考察

一、女子の命名今昔

女子の名前から「子」が消えて久しいが、昭和四十六年、私の娘が生まれる少し前あたりからその傾向は徐々に加速したと思う。昨今の新聞記事によると女子の名前ベスト七は、

葵　さくら　優奈　結衣　陽菜　七海　美咲…

というように「子」のない名前が人気のようである。私たちも娘が生まれた時「子」のつかない素敵な名前を考えたが、夫が、「おしゃれな名前をつけたはいいが、名前負けして笑われたら恥ずかしい。止めよう」と言いだした。私に異論はなかった。子どもの名前を一番頻繁に呼ぶのは誰であろう、親に違いない。そして父親より母親がもっとも子の名を呼ぶ回数は多いはず。親が子の名を呼ぶのに困るような、言いにくい名や発音しにくい命名は絶対に避けるべきだというのが私の持論。夫が命名しよう

かと迷った名前をつけていたら今頃、私は大変迷惑していたと思う。結局、私の案は第一に呼びよい名前として娘の名前は平凡な「ヨウコ」に決まった。

ところが娘はもっとおしゃれな名前にしてほしかったと、折に触れて苦情を言う。その度に私は困惑しきり。が、夫の考えた名前だった「子」のないおしゃれな名前にしていたら今日もっと困っていたと思う。呼びにくいからである。

娘は短大を出てせっかく入社した自動車メーカーをわずか二年で退職して英語の勉強と称して豪州に行き、二年後帰国した時はもう「子」のつかない名前にこだわっていなかった。海外で自分の名前が大好きになったと見えての結果と私はにらんだ。

というのは海外で広く知られているジョン・レノン夫人「オノ・ヨーコさん」のお陰であるらしかった。現地で初対面の自己紹介時、私の娘は一度で名前を覚えられてしまい、

「ああ…、オノ・ヨーコさんね」

と歓迎されたという。だから自己紹介の繰り返しは必要なかったという。

しかし、「子」のつく名前が好きになったわけではなかった。というのは、自分の子どもが生まれた時、娘は迷うことなく、

「子のつかない名前がいいね」

と真っ先に私の同意を求めた。そして夫婦二人で決めるのではなく娘の優先権行使で孫の名前が決まったようだった。

自分の名前について十歳の孫はまだ意見はないようだが、もっと大きくなると何か苦情を言われそうな気がしてならない。

都会では姓で呼び合うから、名はあまり日常生活にかかわりを持たない。地方では同じ苗字の人が同地域に住む傾向にあるから苗字より名前にウエイトが置かれるのは当然である。

二、同姓同名さんの来訪

私の本名は「ミサヲ」です。カタカナから推定すると女の名前と思うが、「男みたいな名前」ともっぱらいじめの対象になった。多分、これは父親が家族に相談せずに独断でつけた名前と私は決めつけている。おかげで小学生時代、名前は劣等感の塊であった。クラスメイトの女子は大半が「子」のつく二文字の三音の可愛い名前だったのとは大違い。当時の、女子の人気名は栄子、みよ子、よし子、みつ子などで、各学年にこの名の生徒は必ずと言っていいほど居た。と断言できるほど…。

子のつかない名前では末尾が、江、枝、世、代も各クラスに二、三人は居たが女子で「ヲ」のつく名前は全校探しても私一人だった。語尾の「ヲ」は明らかにアキヲ、ハルオ、ユキオの「ヲ」であり男子名の代表格。

「ワーイ、男みたいな名前…」

と何度、悪童たちにはやし立てられたことか。ずっと後で聞いたところでは私の二学年上の兄まで、

「何でお前の妹は男の名前なんだ…」

と上級生からいじめられたと言うではないか。地方に住んでいたのでほとんど名前で呼び合う傾向だったから、名前の比重は大きく立派ないじめの対象になる体験をしたのだった。

ミサヲが男子の名前という意見を肯定した上で、折に触れて自分と同じ名の男性がいるかどうか新聞や雑誌などを注意深く観察してきたところ、「美佐男（夫）」は男性

と認められるが「ミサヲ」「美佐緒」はほとんど女性だった。「操」は男女どちらにも該当するが、概して女性が多いように感じている。

小学六年で都会に転居したので名前でのいじめは全くなくなり、同時にコンプレックスから解放されてほっとしたのだった。

ところが二十歳過ぎて上京、大学に入ってサークルの男子学生から忘れていた名前について失礼な一言があった。

「日本で恐らくたった一人しかいない名前の持ち主ね…」

と言われて返答に窮した。侮辱的な意味を含んだセリフと直感したが、日本でということは、つまりは「世界」でと言い換えてもいいのである。それはすごいことではないかと侮蔑を転換させて、意気揚々としていた。

だが、驚くなかれ日本どころか同じ町名に同姓同名さんがいたからびっくり仰天だった。

結婚して姓が変わり「川端ミサヲ」になった。この本名にも馴染めぬものがあったが、主婦という立場では氏名をそれほど意識して暮らす機会はなかった。

郊外の住宅地に家を建て転居して間もなくカシミヤの和コートを着た恰幅の良い中

年女性が、門も表札も未設置の工事中のわが家の玄関先に立っていた。見覚えのない人なので、

「どなた様ですか…」と尋ねると、

「川端ミサヲです」

と私の姓名を名乗るではありませんか。

聞き違いかと思い私は一瞬、息を止め、

「冗談じゃないわ。私の名前を語るなんて…」

と言いそうになってしばらく口をつぐんでいると、先方はやおら一通の封書を私の前に差し出した。

「…町二丁目、川端ミサヲ様」

と記入されていて紛れもなく私宛の手紙だった。どうして私宛の書簡を見知らぬ他人様が持っているのか…、合点がいかずただ訪問者の顔を見つめるだけだった。

「私も、川端ミサヲですの…、一丁目の。郵便配達人が間違えて私のポストにお宅様の郵便物を入れたのでしょ、多分」

夫人の顔がほころんでも私は、

「まさか…」と半信半疑の体で、笑顔を返せずに居た。先住者一丁目の川端さんは一年前に高台の建て売り一戸建てを購入してこの街の住民になったのだった。

コンプレックスの火種のような嫌味な名前を共有する人が居住する事実に力を得て、うれしさと驚きの半半の気持ちだった。これを皮切りに両川端家は郵便物や宅配の誤配の補助的作業で交流を持たざるをえなかった。

ある冬の寒い夕方、買い物から帰宅途中の私は、わが家近くで不思議な作業中の川端ミサヲさんと偶然に出くわした。社長夫人だった人が毛糸の帽子をかぶりスラックスにジャンパー姿で互助会の集金に駆け回っているところにばったり出会ったのである。

「なぜ…、何があったのか…?」

私は思わず本音が出たが、川端さんはうろたえた様子もなく平然として仕事を続けていた。

「途中だが、ちょっとお邪魔させてもらいます」

と私の誘いに応じてわが家の居間に上がって暖を取り、無言で熱いお茶を何杯もお代わりした。それから彼女は黄昏の寒気の中にまた出かけて行った。

昭和四十八年のオイルショック後、旦那様の会社が経営難に陥り主婦の座に安閑として居られなくなった同名さんは、大したお金にもならないアルバイトに走りまわっていたのだった。

「仕事先でよくあなたと間違えられるのよ」

と同名さんが言ったので、私は苦笑して口をつぐんだ。私は教員資格をもっていたので小、中学生相手の学習塾を自宅で開いたばかりだった。生徒募集のチラシを配ったので同名他者と知らない町民は、名前が同じなので集金の川端さんと同一人物と勘違いしたのだとわかった。無理もないと私たちは異口同音につぶやき苦笑した。

それから何日もたっていないある昼前、置き忘れていった川端さんの手袋を届けにお宅を訪ねると、

「この前は有難う。お陰さまであれから仕事がはかどりましたよ」

と謝辞のあとしきりに招き入れる川端さん、私が訪ねるのを知ってでも居たようにお寿司の出前が届いた。子供のいない川端家には九十歳のおばあさんが居るのを私は初めて知った。だいぶ老衰も進み目も耳もおぼつかない様子で、川端さんは抱きかかえるように居間に連れてみえた。小さくなったお姑さんと恰幅の良いお嫁さんの二人

と、私は思いがけないお寿司をご馳走になったのだった。

一丁目の某宅でおばあさんのお葬式があったと小耳に挟んだのは、それから一月ほどたっていたろうか。もしやと思い、川端家を訪問しようと思いながら、すぐに伺えなかった。

私が恐る恐る訪ねた時は既に表札が取り換えられていて、新しい家主の馴染みのない表札を目の前にして、途方にくれた。同姓同名さんの行き先は訪ねればわかると思ったが、あえて辿らず、自然体で行こうと思った。

古代大賀ハス観賞会に参加して

観音菩薩の台座の形に似た葉蔭から淡いピンクの大輪のハスの蕾が姿を現し、徐々に開花して昼過ぎにすぼんでしまう神秘的な開花のイベントに参加する機会があった。私の住む市内での長年続いている年中行事である。

千葉市の東大農学部でハスの研究をしていた故大賀博士が二千年前のハスの種から三粒の発芽に成功し、その一粒を育てて今日、各地のハス開花の成果につながったのだと初めて知った。

町田市では大賀ハスの開花を観る会が市主催で例年八月半ば市内の薬師池公園で開催されている。もう三十回近くなる夏のちょっと変わったイベント。早朝というのに申し込んで当選した大勢の老若男女が詰めかけて大賑わいである。

例年わが家では夏季休暇は帰省するので今まで参加の機会はなかったが、今年は受験生を抱えて家を留守にできず、初めて申し込んで参加の機会に恵まれた。

私の住む市は都市開発の波にもまれ自然や歴史的遺産を消失して住宅都市へと発展

した新興都市です。もう半世紀はたつので新興と表現するのはどうかと思うが、変転した地元に他所から転入した者として変貌する以前の郷土史を少しでも知りたいと思っているので、関係する古い行事には機会をのがさず参加しようと申し込んだところ、参加オーケーの幸運に恵まれたのである。縄文晩期の生命との対面と聞くと、とても神秘的な感動のひと時を想像してときめきを覚える。

「開花時、パッと音がするか否か…」が、もっぱら観客の関心事。いにしえの花だから時代背景からすると優雅で古風、おっとりした花と思いたいので、開花時はあくまでも物静かにスローモーションにというのが観客の正直な希望的感想だったが…。

膨らんだ蕾がだんだん赤みを増し球形から折り重なった花びらがほころび始める開花の瞬間は、「パッと音がした」と感ずる観客がいてもまんざら嘘ではないように思えてくるのだった。というのは、ハスの花びらが開くとき周りの空気を押しのけるから音が…、と感じてもおかしくないように思えてきた。

大きなハスの葉に市長さん直々に日本酒を注いでくださり、ハスの長い茎を通して賞味する「荷葉酒《かようしゅ》」の喉に沁みる古の味は夏のいい思い出になったのは確かである。

鎮守の森の歌姫——島倉さんの晩年

渋谷から横浜方面に電車で数十分ほどの郊外に住んでもう半世紀ちかくになる。都内から引っ越す時はさすがに気が進まなかったが住めば都というから、今は現住所が都なのだろう。そんな意識はないが時々、地方だなあとがっかりするときがある。

その昔、谷戸と田畑と小山が広がる純農村地帯を、某大手不動産が開発して宅地化した田園都市である。山を崩して建てられた高層マンションが私の部屋からぐるり一キロ四方に何棟か建っている。目障りになる距離ではないが、カーテンを開けると夜通し障害灯を点滅させて生活感を漂わせている。家を建てたころ秋田の父が出張の途中に寄り、

「あの山もそのうち無くなるだろう…」

と何気なくつぶやいた通り、南の方角の山は最後に高層マンションに生まれ変わった。

わが家の斜め前に鎮守の森と小公園がある。みごとな桜の大木が日影をつくり、尻

尾の膨らんだリスが飛び交っている。最近、住宅地に平気で狸が出没するようになった。わが家の庭で見かける得体の知れない動物は犬のようでもあり、しばしば、

「さっき見かけたのは犬か狸がどっち？」

という会話が話題のない老夫婦の間でおこる。

朽ちかけた神社は立派に復元され年末年始の参拝者は夜通し長い行列をつくり、七五三や夏祭り、秋の祭典は大賑わいである。

毎年、境内に舞台が組まれ近郷の無名のやからののど自慢大会が人気だが、最後に本職の歌手が舞台を飾る。時々馴染みの大物クラスが登場して祭典に花を添える。

今は昔、借金五億円と騒がれた袴姿の畠山みどりもその一人。借金何億と、一桁くらいの数字では驚かないが当時は週刊誌をにぎわし話題をさらった時の人だった。でも畠山さんは堂々たる役者根性で観客を手玉に取った。

「私は借金王でござんして…」

と先手をうって観客を沸かせた。私は流行歌にうといが年に一度の神社の祭典はかかさず聞きに行く。ところがある年の出演者名のビラを見てびっくり仰天。大物歌手島倉千代子さんが来るらしい…

歌手生活五十周年とかで初めてこのような地域の舞台に立つのだと告白したのはご当人自らだった。どうしてと問いたくなるほどの不自然さは否めなかった。

それから二年ほどして彼女の病死を知る。日本歌謡界の大御所が地域の祭典で歌うのは落日の証拠と誰しも思ってしまうが、亡くなって初めて病気が原因だったと知るのである。その日、私はたまたま娘と早めに舞台の広場にいた。と、裏口から車で乗り付けて私たちの前で下車した島倉さんと間近に対面する格好になった。

「あ、ドイツ製の車…」と娘は口走った。

当日、彼女の舞台はみじんも健康不安を感じさせるものはなかったが舞台に立つ服装と意味不明の動作が気になった。体形がわからないような綿入れみたいな膨らんだ舞台衣装で舞台中央でぐるぐる回る仕草は何だろうと奇異に感じられた。その他に初めて知ったことは彼女にも追っかけのおじさんたち一行がいるという事実。舞台袖の柱にまたがって不安定な恰好で見物しようとするおじさんに、

「下りてちょうだい、そこに捉まっていては心配で歌えないわ」

島倉さんが言い歌を中断すると、彼は素直に下り始めた。そのおじさんはあちこちに顔見知りがいるらしく対岸の仲間に「やあ…」と挨拶を交わしたり人目を引いた。

島倉さんは若くはないがそれなりに追っかけ人がいると私はにらんだ。芸能人の追っかけさんは何も若手芸能人と限らない。島倉さんに追っかけ人がいても何の不思議はないのだった。

それから間もなく島倉さんの訃報に接し、とても驚かされたが同時にお祭りの舞台のあれこれが強く印象に残った。

投稿・あ・ら・か・る・と

一、満員電車の中で

知人宅を訪問中、つい話に花が咲き予定時刻が超過し、急いで辞して駅に向かうが、もう夕方の帰宅ラッシュに入っていた。

独身時代、満員電車で都心に通勤していたが、苦い失敗経験がよぎる。満員電車内での盗難や痴漢被害が何度かあったので混んだ電車には極力乗らないように注意している。久しぶりに独りで満員電車に乗る時はことさら身を引き締め、手持ちのハンドバッグを胸元に抱えて防御体勢になる。

来春、就職する娘には混む電車で通勤させるのは忍びないと思い、なるべく郊外に向かう空いた電車利用の企業に就職してもらいたい親心は娘には通じそうもない。

「都心がいいの…」と希望は揺るがない。やはり東京の中心部に勤めるのが若者の夢なのだろうか。花の都で働くのが生きがいという心境はわからないではないが…。

久しぶりに乗った満員電車、吊革は一応確保したが、片足の置き場がない。仕方なく片足を少し上げたまま次の停車駅まで我慢しようと覚悟する。電車の振動で乗客が一斉に揺れ動くとき乗客間に隙間ができることもあるが、片足を上げて少し我慢するのは健康体操のメニューにあるからなんのことはない。

独身時代、持ち手の長いビーズ刺繍のバッグを持って帰宅の満員電車に乗り、スリの被害にあった苦い経験がよぎる。バッグ本体が何か不自然な力で私の前から遠ざかり周りの乗客に挟まれていたのである。混んでいるので引き寄せようとしても人の壁で遮られて無理だった。後で考えると体から離れていても手に感ずる不自然な力が作用したのがわかった。

「バッグを手元に」とか「体から離さないで」とアナウンスの注意は被害に遭ってわかるのである。バッグは見知らぬ乗客の間に挟まれて見えないが私の手元にはある微妙な力が反応していた。おかしいと感じたので下車駅ですぐにバッグの中味を確認すると財布が空になっていた。以後、このようなつまらない体験から大事な持ち物は自分の体から離さないようにと駅側の注意放送を守るようにしている。

以上は電車内で私が被害にあった実例であるが、他人が被害に遭ったのを同じ車両内で体験した一文を新聞に投稿したことがある。

「暴力まかり通る国電の中」のタイトルで私が三十代の初めの投稿文は次のような内容だった。

電車内で一人の青年が数人の男らに因縁をつけられ顔に傷を負い、血をにじませていた。はたちくらいの被害者は、男らが悪態つきながら次の車両に移って行くと、怒りに燃えた視点を車内に向け、

「皆あんな奴らに黙っているんですか、あいつらはグレン隊ですよ」

と怒りに燃えた視線で一言いうと、車内に背を向けた…。

青年の悔しさはわかっても誰も慰めの言葉一つ掛けなかった。私も…、わが勇気の無さを実感して淋しかった。

二、歩行中ヘッドホン離さぬ人へ

道路を歩いていた時のこと。背広姿の青年が私を追い越しざま、ハンカチを落とし

て気付かぬようにどんどん先へ急ぐ。声をかけたが振り向きもしないでひたすら早足。相当急いでいる様子。私と歩く速度が違うから当然としても、幸い向かう方向は同じなので私は速度を上げてより接近したところで、ひと際大きな声で呼び止めたのにまだ聞こえない様子。もしや耳の不自由な人かもと勝手な憶測しながら、早足でやっと追いついた。落とし物を差し出すと、当人はにやっと苦笑を見せあわててイヤホンを外した。

なんだ…、ヘッドホン・ステレオで下界と遮断していたのか…。ハンカチ一枚の損失で済めばいいが、歩行中は外界とのドアを開放しておかないと危険の察知に手間取るのではないか。見ざる、聞かざる、言わざるではわが身を守る手だてを自分から遮断してしまうから、趣味より身の安全が優先する世の中に生きていることを自覚する必要がある。

もう一つのヘッドホン・ステレオでの体験談は、身の危険ではなく美的センスの問題である。

ある休日の夕方、さして混んでない電車内でのこと。振り袖姿の女性が披露宴帰りらしく嵩張る引き出物を持って車内の端に立っていた。私の席からは彼女の後姿がよく見える位置だった。と、彼女の衣紋を抜いた着付けの後ろ姿、白い首の周りに黒い細い紐状のものがぐるぐると渦巻いているではないか。よく見るとイヤホンの長いコードがたるんで後ろ姿を台無しにしているのだった。せっかく美しく装った和服姿、無理にイヤホンつけて音楽など聞かずともよいではないか。美しい装い、周囲の視線を楽しませてあげてもいいではないかと私はとても残念に思った。

三、「お孫さんは何人?」の問いに

結婚七年目の娘に女児が生まれた。私にとって初孫である。今まで何度同じ問いに戸惑ったことか。

「一人います」と答えられるようになってやれやれです。女の子を望んでいたので娘夫婦は幸せそうです。聞くところによると娘たちは結婚後七年間は子どもをつくらないと決めていたというのです。後で知ったからどうしようもないがこの若夫婦の約束事は私にはとても理解できないのだった。私だけでなく婿さんの親にしても同じ気持ちだったと思う。

二人は結婚して数年たって九州の婿の実家に里帰りしたとき、婿の父親から娘は、「どうして子どもが授からないのか？」とふいにとんでもない質問を浴びせられて、娘は突然の問いに答えられず、ただ涙を流したというではないか。ちなみに婿は二男、兄弟四人のうち長男は既婚、息子が一人おり、三男は今流に結婚前に子どもを授かっていたから、親としては当然の疑問だったろうと思うが私としては腹が立ってしかたがなかった。わが子といえどもそんな夫婦間の事情を探るのはどうかと思うからだった。知りたいなら自分の息子に聞くべきじゃないかと私は思ったので、

「その理由をなぜご自分の息子さんに尋ねなかったのですか」と私。

すると、宮崎の父親は、「息子には聞けないですよ」と意外な返答。

父親自慢の息子にはその類の問いはできないという返答に私は納得いかなかったが、それ以上、話は進展させなかった。

孫が一歳を過ぎたころ、娘は語学を生かす企業に契約社員として勤務していたから、私はそろそろ二人目の出産に備えたらどうかと意見を述べると娘は大層立腹して、

「子供は一人と決めているから、余計なおせっかいは止して…」と反撃された。

「いいのかな、大切な三十代を無駄にして…」

私はなおも言いたい気持ちを抑えて口をつぐむしかなかった。第一子が男子だったらあるいは女の子が欲しくて二度目の出産に踏み出していたかもしれないと思うが、いまさら親がどうこう言っても仕方がないことである。

娘が勤めているので孫が病気の時は私が電車とバスを乗り継いで約一時間かけて子守に出掛けていた。車だと三十分足らずの距離で免許証返納を悔いた。子育てのルールについて娘とのギャップを感ずることが二、三あった。

例えば赤ん坊が小さいお口を左右に動かしておっぱいを催促する仕草に気づいても娘は時間を守って授乳しているから放っておいていいの、泣いたら泣かせておいていいの、と平気だった。

また私がすごく楽しみにしていた生後一ヵ月のお宮参りを私達に誘いのひと言もなく自分たち親子で気に入りの神社で済ましてきたと事後報告されたのにはとてもがっかりだった。昔の慣習に従った行事はそれなりに尊重してほしいと思う親世代である。

四、夜道

昨年暮れ以来、近くの駅や公園のあちらこちらに「女性の夜間、独り歩きはご注意…」の立て看板が目につくようになった。その近辺で何かあったらしいとの噂だが新聞ネタになるほどの事件ではなかったらしい。夜、帰宅した夫が、

「駅に娘さんを迎えに来る家族の姿が目立つ」と言う。そう言えば、わが家の前の暗がりを走って通る人の足音が気になることがときたまある。

「あなたも、偶然でも女性の後を歩く時は気をつけてね」

と冗談ともつかずに言うことがある。以前私も夜道の独り歩き中に後ろから迫って来る足音が気になって、我が家がある横道に曲がると後の足音も曲がってせまってくるので不気味になって最後は靴音高くならして走ってわが玄関にたどり着いた経験がある。

偶然に家の方向が同じ男性にはひどく失礼な話だが、夜道の後ろに迫る足音の怖さは体験した女性ではないとわからないと思う。

夜行列車で帰る私の両親を送って上野駅に行った帰り、夫が自宅のある最寄り駅に

着いたのは夜半十一時過ぎ。晩秋の夜間は郊外は都心より気温が低い。寒いので夫は自宅までの十分ほどを走って家に向かっていると、交番からおまわりさんが出てきてしげしげと見つめられたと言う。以来、夫はひどく神経質になり、夜間客人を送迎する時は必ず犬を同伴している。

五、最後まで心開かぬ義母

ある日、私はバスのドア近くの席に腰かけていた。次の停留場で数人のお客が乗り込んできたが、最後の一人がなかなかステップに足が届かない様子、乗車に手間取っている。その小柄なおばあさんは杖を手にして、なおかつ重そうな荷物を二個も下げているではないか。なかなか車内に上がりこめないと見たので私は席を立って、乗車口下にいるおばあさんの荷物を引きあげてから本人の手を取って力いっぱい車内に引き上げようとしたが、小柄な老人はびっくりするほど重いのだった。まるで乗車をいやがって私に抵抗しているような重量感。

その時私は今は亡き夫の母を思い出していた。というのはバスに乗り込もうとするおばあさんが姑とよく似た体形だったからである。

私の義両親は七十代に入っていたが義母は元気な老夫を自宅に残して、仕事で日中不在の娘宅に寝泊まりして二人の孫の世話と家事を引き受けていた。ところが風邪をひいて長引いたり、転んで足腰を打ったりして容易に回復しない時は私の家に来て完治するまで静養するのが通例だった。

当時、我が家にも小学生の子どもが二人いたし、私も仕事があったので、

「私がお義母さんにしてあげられるのは、食事の用意だけ…」

とはっきり夫に伝えた。

「それ以外のお義母さんの世話は貴方に引き受けて欲しいんだけど」

と会社勤めの夫に私は勇気を以ってお願いした。母親を愛している夫は快く了解して私の手を煩わさなかった。入浴や義母の下の世話、洗たく、通院、車に乗り降り時は小柄な義母を夫は背負ったりして面倒見ていた。義母にすれば気兼ねしながら他人を煩わすこともなく気心の知れた息子にすべてやってもらうのはどんなにうれしかったか知れない。その繰り返しが何度かあったが八十近くなって、風邪から肺炎を併発

し、とうとう自宅加療は無理、入院することになった。

当時は今日のように完全看護のない中等病院故、夜間は家族の付き添いが義務付けられていた。いくらなんでも、会社勤めの夫に夜間、付き添いは酷な話。夫の姉妹二人と複数の従姉達にお願いし、私も入れて毎夜、誰かしら付き添うことになった。従姉達は幼い日、父親を亡くしたあとしばらく義母宅で一緒に生活した思い出がよみがえり楽しい話題で義母の入院室は笑い声が絶えなかったと言う。が、私の当番の夜は姑は顔をそむけ、苦々しげだった。当然の成り行きと私は気にも留めずに任務についていた。

ところが二週間ほどたって、義母の実の娘の当番の夜、物が食べられるほど回復したと連絡があった直後、デザートを詰まらせて急死したのだった。

「私が当番の夜に母を助けられずごめんなさい…」

と皆に謝り義姉は涙をぬぐった。さすがと私は義母を称賛したい気持ちだった。嫁の私の当番日でなく、気心の知れた長女にみとられて旅立ったからである。

六、喉に魚の骨が…

或る夕方、和歌山の海辺に住む夫の従姉から突然、クール便で鮮魚が届いた。ピンク色した刺身用カジキマグロだった。小口切りすればすぐにでも食卓に出せる逸品。それにしてもあまりに量が多いので、どうしようと途方にくれる。なま物なので近所に配るにしてもどんなものだろう。困りぬいた末、とにかく用意した今夜の副食類を明日に回して生物の刺身を少しでも減らそうと二人でいただくことにした。

もう食べられないというところで箸をおけばよかったが、これが最後の一きれ、とばかりに私は口に入れごくんと飲みこんだつもりが、喉の奥に何か違和感が残った。

「えっ…どうしたんだ？」

と何度か唾を飲み込んで確認するが、やはり喉の筋肉にかすかな障害物があるのがわかった。骨なんか無かったはずだが、と怪訝な面持ちで子どもの頃、親から教わった喉に骨が刺さった時の応急処置、ご飯を噛まずに一口飲み込む作業を何度か試したが改善の兆しは無し。どうしたものか独り思案に暮れる。

夫は一杯飲んでいるし、とても車で病院へと申し出る勇気はない。食べ散らかした食卓を前にあれこれ思案に暮れるが名案は浮かばない。自分がいま置かれた危機的状況を説明すらできずにいる。そして独り到達した結論は、

「たかが魚の骨、今夜はこのまま、喉に骨が刺さったままで我慢しよう。あす一番で病院へ…」と自分を納得させて後片付けをして就寝。

その段階では多少気になるが喉の痛みはなかった。なのになかなか寝付けず寝返りばかりうっていたがいつしか寝入ってしまったと見えて夜半、熱っぽくて目が覚める。喉の痛みも少し強くなっていると感じた。

「やはり、無理だったんだ…」

後悔が強まっていくばかり。途方にくれてベッドに腰をおろして考えこむ。いまさら夫を起こして対応を求めるわけにはいかない。

悶々としている私に突然、激しいくしゃみが一発。口を押さえた私の右手のひらに唾と一緒に飛んできた何かが載っている。しかと確かめるとそれは細く曲がった魚の骨だった。細いが中指の長さほどの大物。これではいくらご飯粒を飲み込んでも正規の食道の奥に異物をおとしこむことは不可能と気づいた。応急処置のまずさと人の身体の仕組みのすごさに気づかされた一夜だった。

Ⅲ章　旅は道連れ

童話サークルの仲間と京都気ままな旅

大学の童話サークルの仲間に、京都二条城近くに実家がある同人がいて、ある夏休み彼の家を根拠地にして気ままな京都旅行を計画した。話があった時に参加者はかなりいたのに、いざ夏休みに入るとみんな帰郷してしまい、実際に参加したのは数人で、女は私一人だった。

訪ねてびっくりしたのは、彼の実家の玄関を出て道路に立つと、左手にはかの格調高い二条城の正面玄関が三百メートルくらい先に見えていることだった。その付近は普通の二階建て住宅が密集していたが今思うと、京織物を家業とする一角だったのではないかと思い至った。

彼の家の広い土間には円形の織物機械が一台置いてあって、その中に彼のお兄さんが入って豪華な若向きの袋帯を織っている最中だった。珍しくて近づいて眺めると恥ずかしかったのか、その機械の中から出てきて弟の書いた作品の感想を一言述べた。

「お前のこの前の作品は、テーマがはっきりしないね…」

その友人宅は母親が後妻で兄弟二人の他は母違いの妹二人がいた。織物職人の兄さんは家業を継ぎ、弟の学費を援助しているような感じを受けた。

朝からおいしく炊けている白米にすき焼きをご馳走になり、さて市内観光はどの方面にと、楽しい打ち合わせを期待していたのに、皆どこへ消えたのか姿が見えない。途方にくれて耳を澄ますとどうやら二階から物音がしてくるので、私は恐る恐る二階の階段を上がっていった。と、彼のお父さんを囲んで皆で麻雀やっている最中だったのにはびっくり。午前中のいい時間帯から、当主が息子たちとゲームをやっているという構図は私の意識下には微塵もなかったのでとてもびっくりし、言葉を発せずに私は階下に降りて独りで観光にでかけることにした。

自営業の私の父は休日や夜間でも子どもたちと何かをやって遊ぶという習慣はなかったので、友人の父親の午前中から仕事そっちのけで息子たちとマージャンに興ずるゆとりが私にはとても奇異に感じられた。振り向いた友人の父親はびっくりするほどハンサムで、なんとなく遊人風に見えた。職人風ではなく業界の世話役の立場の印象だった。いつ終わるか分からない麻雀を待つまでもないと判断して私は一人で市内観光に出かけようと、断りもなく駅行きのバスに乗った。

遅い時間帯に出発する観光バスの中から三十三間堂と金閣寺が観光コースに入っているバスを確認して乗車した。戦後六、七年たっているのに京都の観光バスは今日のような豪華なぴかぴかの大型車ではなく、昔風の小型の古ぼけたバスだった。ガイドさんの制服も路線バス並みの紺の地味なスタイルだった。

当時、三十三間堂は今日と違って庭園から建物に並んでいる仏像を鑑賞するのだった。庭園には解説役の女性職員が見学者と同じ敷地内にいて質問や解説にあたっていた。

今日のように国際色豊かな観光客は見当たらなかった。千一体の金色の観音像はどれ一体として同じ姿勢ではないと説明があった。奥の方に並んだ仏像はその辺の確認はできないほど折り重なるように並んでいる。

私は初めての観光だったので、余りの壮観さに感動して立ち去れなかった。いつまでも観ていたい気持ちで周りの観光客がいなくなって自分一人であるのに気づきバスに戻ると、だいぶ前から私を待っていたらしく、バスの乗客の視線が痛かった。ガイドさんは、一人旅の乗客が珍しかったのか、しきりに、

「一人で、いらしたのですか?」

と気の毒そうに問う。今日なら乗客にそういう質問するガイドはゼロだと思う。それもこれも時間を守らないせいだと思い、次の下車観光は時計を見ながらの観光に気をつけた。

その後、阪神大震災で現地を訪れたついでに奈良の友人宅に宿泊して奈良と京都の一人旅を実行した。京都ではもちろん三十三間堂を回るコース「グランパノラマ京の一日」というタイトルのバスに乗車した。今は珍しくもない豪華な二階建てバス、乗客は国際色豊かで中国、韓国、東南アジア、英語圏と賑やかなお国言葉が交錯し、観光客は全員観光に適した二階席に殺到していた。

何年か振りに再訪した三十三間堂、私は以前の記憶を呼び戻したが、庭からの観光は無くなり、新築の建物内に仏像は納められていた。靴を脱いで建物内に入らないと観光できないシステムに変わっていた。

開放的な庭から眺めた観音像は建物内に収められていて以前の印象とは違って、心を打つ新たな印象はなく、失望しながらカメラのシャッターを押した。

京都観光の四位に挙げられるほど人気の三十三間堂はたくさんの外国人に感動を与えただろうか。私は以前の記憶を呼び戻しながら失望感に囚われて早々とお堂を後にした。

バスが京都駅に帰着した後、駅周辺を散歩しながら友人宅の祖母と下の妹さんのお土産を物色した。友人宅の母屋の離れに祖母と妹さんの部屋があった。元職人さんが寝泊りした部屋のような感じだったが、今は二人の部屋になっていて、そこに私は泊めてもらっていた。物静かな二人に気のきいたお土産を購入して、二条城近くの友人宅に帰った。

断りなしに外出した私を心配してでもなかったと思うが、戸外に東京から一緒にきた友人や宿泊先の家族が出て談笑していた。無事に帰宅した私を見ると、その家の二男坊は義理の母親の肩に手をまわして、

「うちの母さん最高の母ちゃん…」と声高にスキップしてまわっているではないか。ビールでも一杯ぐっとやった後だったかもしれないと私は直感したが、何とも哀れで見ていられなかった。

「止めてちょうだい…」と言いたくなったほどだった。実の母親にはそんな冗談は絶対するはずはないと思うにつけ、義理の関係が悲しく思えてならなかった。お義母さんは太った体をゆすって苦笑していた。

青春時代の教え子らと高尾山へハイキング

私は二十代の初め二年間だけ郷里の小学校教師を経験している。高校を出て約数年間、希望外の時間を浪費したように思うが、何年も経っているのに教え子らと現在を共有できるチャンスがあるのはすばらしいことと友人に指摘され、私は認識を新たにして彼らとのお付き合いを大切にしたいと思い、極力、誘いに応じて今に至る。私より一まわり若い彼らの九、十歳当時からのつきあいである。言うまでもなく私は良い教師ではなかったので何か罪滅ぼしはないかといつも考えているが、残念ながら過去は消去も訂正もできないのが世の常、心惜しいと痛感しきり。

退職して私はすぐに上京したので、彼らとの二度目の対面は四十年後、教え子五十歳の時である。松島一泊の旅で再会した時、四十数年の空白は全く感じられず、別れたときのままの教え子だった。

二回目は還暦の男鹿半島一泊の旅。その昔、五十人学級だった私の生徒は十人余り減って今は四十人、その中の数人は連絡つかない行方不明者のようである。

三回目は体育の日の高尾山行きで、関東在住の男女十人余の参加だった。スニーカーにリュック姿の私を見て、

「先生は健脚のようですから、渓谷に沿って登りましょう」

と幹事さんのきついコース選定に異論はなく、ゆっくり山合いの小道を踏み出す。田舎育ちの壮年たちは固められた歩道より柔らかい土の感触を踏みしめて登る谷歩き野山道が最高のコースと心得ている。私とてその選択に異論はない。おだてられた以上いやとは言えず鬱蒼とした樹木の下、右手の小川のせせらぎを耳にしながら、左右の傾斜地に生い茂る花や植物に心を注ぎながら一回り若い彼らに遅れまいと必死に従う。

ひんやりとした山道に咲く楚々とした草花に心をよせ、一服した坂道では頭上に伸びる枝葉が日当たりのいい側はかすかに色づき、日影では新緑の青葉がみずみずしく頭上の陽をさえぎっている。二つの季節を折半した一本の山道。その昔いまは亡き秋田の母や幼い息子と向うの平らな広い道を散策した過去が懐かしく思い出された。あの日も晴天に恵まれたよき休日だったと、空を見上げてしばし物思いにふけった。

「先生、ぼくは一番出来の悪い子だったね。先生に手を焼かせた悪だったね」

と小柄なK君が話しかけてきた。今は内装屋さんとして会社を立ち上げて忙しそうである。

「どうして、どうして。立派な経営者になって、すごいじゃないの」

と話をそらすと満面の笑みで、まだ言い足りなさそうに口元を歪めた。二人の息子さんの父親だが、長男は健康な大学生。次男は身体障害者で車いす生活と近況報告をしてくれた。

「大学生の長男には、身障者の弟のことを将来面倒見てくれと、折に触れて頼んでいます」

と正直に話すA君。小学生時代、多少成績が振るわなくても、能力が停滞していたとしても、大人になって立派に生きている姿に接して私は強く心を打たれた。

帰路、私はケーブルカーで一足先に下山し売店で彼らにプレゼント用の高尾山絵入りテレフォンカードを求め、一行を待った。

急きょ決まったバンクーバーの旅

ＮＹのツインタワー爆破事故が発生して旅を計画していた人々は当分、飛行機に乗る気分では無いと思うが、家でうつうつと過ごしているのも精神的にどうなんだろう。私たち夫婦は「えいままよ」とばかりに旅に出ることにした。ちょうど中止になった旅の荷物はそのままになっているし好都合だった。

さし障りのない所でカナダのバンクーバーと、目的地が決まった。この都市は前年秋、私たちがメープル街道紅葉の旅で乗り継ぎ、通過した街だった。空港の窓越しに見た夕日が美しかったので思わずシャッターを押したほどだった。いつかこの町を散策したいと願望は募っていた。

急に決まった旅先に、近くに住む娘は、

「えっ、カナダ…この時期に寒くて風邪ひかない？」

旅好きの娘でもカナダへの認識度はこの程度か…。旅行雑誌の各国気温比較表によれば、バンクーバーは日本と変わらずとなっている。カナダと言うと全土が寒い国と誤った印象をもつのは禁物である。

夫はさっそく図書館から何冊かの旅行雑誌を借りてきて、バンクーバーの勉強を始めた。まず市内の地図を書いているうちに、

「案外狭い都市、おおおよそ街の全貌は頭に入ったよ」と自信満々。

ところがバンクーバー入国時の現地空港の混乱は予想以上だった。安全を確認してこの国への旅行者が増えたせいだろうか。ホテル・チェックインもかなり時間が掛かりそうだとの情報で、私たちは待ち切れずに初めての街の散策へ出かけることにした。途中、腹ごしらえに入った馴染みのマクドナルドで、「とうとう来ちゃったか…」と旅情を実感していると、入口のドアの外にホームレス風の老人が一人うろついているのが目に入った。トレーナーの上下を着た痩せた老人だった。海外旅行では珍しくもない風景だが、食事を終えて外に出ようとした中年の女性はドアが開いて老人と向き合うと、自分のオーバーのポケットに片手を入れていたが、すぐに握りこぶしを老人の前に突きだした。老人はくっつけた両手を差し出して施しをもらった。

店内から見ていた私は小銭は財布に入れるものではなく、洋服やオーバーのポケットに無造作に入れておくもの、と知らされたような気がした。チップの習慣のある国

だから善意の行為も身につくのだろうと、一つ教えられる思いだった。

コーヒーを飲み終えて、真っ先に向かったのはヨット・ハーバーだった。海中で給油するガソリン・スタンドを見て夫は、「さすがに、海洋国だね」と感嘆しきり。あいにく小雨が降ったりやんだりの曇り空だが、傘をさすほどのこともなく着ているコートが重く感じられた。

次にギャスタウンへ。この街にかかわったギャシー・ジャックの銅像を探すのに一苦労する。立ち止まって二人で地図を広げ調べていると、路傍にたむろする労務者風の老人が何人か寄ってきて何やらおせっかいをやく。が、私たちは耳を貸さず地図を頼りに無事、銅像を探し当てた。

今回のガイドが「そっち方面には行かないように」と注意した訳がこれだったのかと、わかったのだった。しかし、よい景色だけ見るのは片手落ち、醜い町だってあるのを知ることは有意義と気づいた。道を歩いている途中に、古い家の壁に消えかかった「日本人街」の表記のプレートが目に入った。その昔、日本からの移民が船でこの街に入国、この辺が居住地と納得した。漁師や自営業で生計をたてていたようである。

銅像から数分ほど歩くと、街路樹端に名物の蒸気時計が立っていた。ガイド無しでやってきた日本の旅人を歓迎するように、勢いよく蒸気を吹き上げて鳴りだしたのでうれしさもひとしお。ものめずらしくて私たちは交互にシャッターを押した。先客の英国人一行は、私たちと入れ代わりに立ち去った。

翌日から市内夜景観光や英国調の美しい街ビクトリア一日観光も滞りなく済み、最終日は夫婦別行動をとることになった。その結論にはひと悶着あった。私は北バンクーバー行きを希望したのに夫は北方面には行きたくないといいはったので、きっぱりと別行動をとることにした。私は水族館とキャピラノ吊り橋のツアーに参加した。

夫は念願の単独行動で、まず路線バスと徒歩でスタンシー公園の水族館からトーテムポール・パーク、展望台、ナイン・オクロック・ガンなど一周しカナダの自然を堪能した後グランビル・アイランドへ。待望の海洋博物館入館後ビーチを歩いて鴨やリスなどの野生動物を間近に観察し、マーケットで大粒のブドウを買って先にホテル着。

「市内の地図がおおよそ頭に入っていたから迷わなかったよ」と大威張りの体。

ギャスタウンの蒸気時計

私は添乗員付きで数人の見知らぬメンバーと北バンクーバーへ。驚いたことにキャピラノ吊り橋は初めて訪ねたのに前に何回も通ったような懐かしい思い出がよみがえった。

郷里秋田の合川町の小学校在学中、吊り橋を渡って森の中にある神社参拝に行くのが大切な課外授業の一つだった。吊り橋の長さ、橋の曲線といい、渡りきった先が鬱蒼とした森の中といい合川町の吊り橋とそっくりな景観にしみじみ見とれた。無意識に選んだ旅が忘れられない回帰の旅となった。

キャピラノ吊り橋

中国・紹興酒の里を訪ねて

酒好きの夫のひと声で中国の江南旅行に参加した。江南の都、紹興は文字通り紹興酒の産地として有名、世ののん兵衛さんがじっとしていられない気持ちはよくわかる。かく言う私はビール一杯飲めない下戸。親の体質を受け継いでアルコールは体に合わない。というわけであまり乗り気でなかったが、紹興といえば酒ばかりでなく日本でも有名な文学者魯迅の古里であり、魯迅記念館や生家も見学コースに入っていたので、年末の慌ただしい時期に、しかも私は風邪をおして五日間の旅に参加した。

当時は今日のように中国の空気汚染問題はなかったので、五度目の中国の旅に期待して出かけた。年々観光に力を入れている中国側の努力が目に見えるようで快適な旅に期待いっぱいであった。

さすが酒好きの男性の参加者が多く紹興酒の本場とあって酒造元は大きな倉庫風建物にツアー客を招き入れ、製造年月日だろうか、数字記入の試飲用紹興酒の容器を棚に並べて各自、立ったまま試飲していた。ツアー客は自分の口に合う本場の紹興酒をうまく探し当てただろうか。日中の観光途中でもあり酔っぱらっての観光バス乗車は不都合だったのではないだろうか。ちょっと期待外れの印象を受けた人もいたかもしれない。

酒は重いし観光途中の購入は手荷物になるので敬遠されがち。余程、安価だったら魅力ある買い物といえなくもないが。酒造元で買わなくても市内の他の店で安価で売っていたらそちらが買い徳ということになる。

紹興酒蔵からそう遠くない民家が密集した一角に、魯迅記念館や魯迅の生家があった。いずれも古い建物で生家は平家でうす暗くて、ちょっとのぞいただけで客は外に出てきていた。魯迅は東北大学に入学した経歴の作家と聞けば親しみを持って記念館など入館するかと思われるが、特別魯迅のファンという訳でもなければ、疲れている旅人は新しい分野に挑戦しようという気分になれないのは致し方ないというのが私の印象である。ツアー客の夕食時は紹興酒が主役ではなかった。客の好みは千差万別、旅の途上は自我が出てもしかたないと実感する。といってものん兵衛のピッチは気になり、次の一句を夫に進呈。

盃を干す手休めぬ夫諫め
紹興の夜は鈍く更けゆく

紹興観光後、翌日から上海、蘇州、無錫《むしゃく》、烏鎮《うちん》の各都市観光に回ったが烏鎮だけは私たちは初めての観光地だった。そこは水陸の要衝として発展した歴史ある水郷で、今でも古くからの姿をとどめていて小船に乗って川岸の住宅地をのぞき見しながらの川下りを体験。民家の勝手口や居間が川に面していて洗濯や野菜を洗う主婦や子どもの姿を確認しながら船からの観光は、中国の庶民的な生活がひと目でわかる風景だった。

古い素朴な町並みも散策したが、昔ながらの狭い小路は、手仕事の藍染め布が干してあったり、機織り中のおばあさんの背中が見えたりして、昔を今に残している町で歴史を感ずる観光だった。

烏鎮の川下り

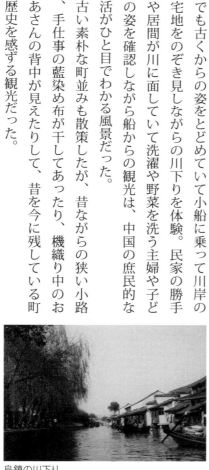

昔の面影を残す狭い路地

機織り中の女性

真鶴岬から熱海

ある春先、娘親子と一泊の熱海の旅をした。

娘の夫が海外赴任中なので学校の休みが続くと母子家庭は「どっかに行かない？」と誘いのメールが届く。娘の住まいはわりと近くだが、私達との出会いは月に一、二回程度。こちらから声を掛けることはめったにないが、娘から提案されると極力応ずるようにしている。

今回の目的地は近い所で熱海と決まった。同市の某ホテルのバラ園が満開と聞き一度行きたいと思っていたからちょうどよかった。花の好きな小学生の孫にも退屈しない目的地とにらんだ。孫は、旅好きの親のせいでよく遠出する機会はあるが大体が父親の車での外出が多いから今回は新幹線に乗りたいというので母子は列車で。私たち夫婦は車で。途中、真鶴岬に寄ることにしたので簡単にかつ丼を作って持参した。途中景色のいい海岸で昼食をとりゆっくり現地への予定だった。

幸い好天に恵まれ予定通り真鶴海岸に到着。海岸に下りる道があるのに遠回りというので、草茂る道無き崖をかきわけてどうにか海岸に下りられた。人気のない浜辺の大きな岩に寄りかかり、持参の弁当を食べる。数百メートルくらい離れた三つ石海岸では折しも遠足の児童が磯遊び中と見える。話声は聞こえるがうるさくない距離である。

近くの遊歩道を釣り人が一人またひとりと単独で移動している。みんな同じような釣り用装備で手に持つ釣り道具も似通っている。

海でも川でも渓谷でも釣り人は大体単独の作業だから、孤独なレジャーだと改めて実感。でも釣り人が皆、陰気臭い人が多いとは限らない。目の前に広がる風景に思いをはせながら岩に寄りかかる夫婦は別々の方角を向いて言葉もなく同じ弁当を食べる。久しぶりの野外での昼食であるにもかかわらず。

五月初めの海浜の太陽は強烈で長くはいられない。道無き崖をまた駆け上りケープ真鶴という観光施設を目指す。一階は土産物店と食堂、貝殻の展示場、上階はホテルが併設されているようだ。建物周辺のひろばや道が整然として居てきれいなので尋ねると、昨日、陛下ご夫妻のおでましになられたとのこと、なるほどと納得がいく。

ご夫妻は帰路、建物前面の森林の小道を徒歩で隣設の日本画の美術館に向かわれたという。平和でのどかな伊豆の旅が忍ばれた。

夫は貝殻の展示場へ。私は売店で、熱海で待っている孫に海にちなむボールペンと干物のつまみを購入し外に出た。広場に人影はなく与謝野晶子の歌碑が海に向かって寂しげに建つ。

わが立てる真鶴崎が二つにす
　相模の海と伊豆の白波

歌碑にあるように私は海に向って立ち海原の方を眺めていると急に何やら賑わいが感じられて振り向くと、建物裏手からぞろぞろ猫ちゃんがやってくるではないか。よく見るとどこかしら障害を背負った一群のようである。観光施設に猫がいる風景は海外ではよく体験済みだが、日本では珍しい風景である。

私はすばやく晩酌用のつまみの干物をちぎって彼らに与えた。交通事故にあったのか前足が一本無い猫や尻尾が半分ちぎれていたり、顔の片側が皮膚病に冒されている三毛ちゃん等など、障害動物収容所から逃げ出してきたかのような気の毒な猫たちがいと思うが嫌悪する観光客も居るのではないかと、ふと心配になった。

元気に走り回っている。施設の前庭でこのような猫を自由に解放している風景は珍し

観光都市バンコクへ

美術雑誌に掲載のタイ国の仏像写真を眺めているうちに、どうしても実物が見たくなり、タイ旅行を実現しようと思いたった。テロなどという物騒な今の時代の遥か昔の平和な世の中だった。たまたま知人の職場関係の小グループがタイ旅行を計画していると聞き、一行に加えてもらうことにした。

出発日、冬の日本は折しも寒波襲来に震えた二月中旬、成田からエジプト航空機で常夏の国バンコクのドンムアン空港へ。無事に着いたのは夜半。初対面の一行二十名は皆、「アツい、暑い…」を連発しているうちにいつしかコミュニケーションがとれ仲好しになっていた。すぐにホテル直行で一日目は寝るだけ。

翌朝七時起床、ホテルの食堂でバイキングの朝食後、あわただしく水上市場へ。船でメナム川を下り、両岸の水上生活者や寺院を眺めながら小船で売りに接近する珍しい果物を試食する。名物のドリアンは最初も今も私の口に合わない果物だった。

途中、下船して暁の寺院（ワットアルン）見物。壁画が陶器やガラスの小片で飾られた十八世紀末に建立の寺院を見学後、王宮見学へ。昼食後はよく耳にするローズガーデンに入場。庭園で象の曲芸にみとれているうちに疲れと暑さも吹っ飛ぶ。動物はどこでも誰に対しても癒やし系と認識を新たにする。夕食は魚介類の食事に舌鼓。

三日目、国道三号線を南下し日本の援助で整備された道路や集合住宅を見ながら、元米軍駐留基地だったというパタヤへ。当時はまだ観光化されない田舎びた漁村だったが、その後、別名、東洋のコートダジュールと呼ばれるような賑わいとか…

海で泳ぎ、またはパラセーリング（気球の一種）で肝を冷やす勇敢な同行者もいました。夜は希望者のみ「グリーン・ボーイショウ」へ。フランスの有名な振り付け師によるショウで、ちょうどその頃、日本でもテレビ放映されたと帰国して兄から聞いた。

最終日は孤島コーランへ船で。石灰岩の海底は透明度抜群。熱帯魚の群れが肉眼でもよく観賞できた。現地のお土産品では各種貝殻が逸品と言われ、かなり購入した。今もこの旅の思い出はリビングの出窓においてある。

海岸の波打ち際に観光客用の幾脚ものテーブルが据えられていて、昼食では名も知れぬ大きな焼き魚や煮魚がたくさん提供されたが、大味でおいしくなかったので近くをたむろする犬のご馳走に放ったような気がする。

食事場所から少し離れた砂浜に急ごしらえのお土産店がずらりと軒を連ねていて、同行の元銀行員の男性とぶらりと冷やかしにいき、白地に花の刺繍がきれいなロングドレスを買おうとしたら、連れはハズバンドかとうるさく聞く店のおかみさんにあきれはてて、そうだ私のハズバンドだ、とひと先ず答えて買い物を終えた。ドレスは娘と私の二着分購入したのに二人とも一度も着用せずにタンスの肥やしになっている。

バンコクに戻って夕食会場に向かう途中、市内の目抜き通りで沢山の子供たちに取り囲まれて脱出に一苦労した。手を差し伸べる子どもたちの一人に、いい気になって小銭を上げると収拾つかなくなるから無視するようにとの添乗員の注意を守れなかった罰だった。

帰国直前のディナーはタイ古典芸能を鑑賞しながらの大勢の日本人観光客と一緒に。タイ国の季節感の落差に戸惑ったが私の狙いにたがわず旅の収穫は時間がたっても消えることはない。これ一ヶ所観光したくて訪ねたワット・ポー寺院、全長五十五メートルの寝釈迦像の足裏の螺鈿細工にみとれていると自分の宇宙観が変わっていくような錯覚にとらわれた。

一行の中に女性が数人いたが、その中の二人の女性は旅の途中ずっと読書をしていた。ほとんど景色など無視して読書に夢中、これも今回の旅の収穫としたいと思っている。

独り旅シンガポール・マレーシア体験記

マレーシアで金子光晴の旅を追憶

都内の貿易会社を一年で退職した私の長女は、建設機材の注文通信でかかわったシンガポールの建築会社の担当者らと親睦会のあと豪州に向かうと知り、いい機会だから私も一緒にシンガポールへ旅立つことにした。

娘がシンガポール滞在の二日間は二人で市内と隣国マレーシア観光に汗だくだった。のんびりしたいという娘を叱咤激励して私の予定に従ってもらった。

シンガポールのホテルに着いたのは夕刻、宿はインターネットで予約した中流クラスだったから食事の設備は無し。二人で薄暗くなった見知らぬ街にぽっと出てレストラン探しにうろうろしていると、並列した大きな建物の何ケ所かは廃墟と化しているのにびっくり。賃貸物件のようだが借り手がないまま新築ビルが窓枠やドアが破れ無人の館に。もったいないと思い見上げていると、営業中の部屋もあるらしくその一角から小太りの男性が顔を出して大声で、「おい…、日本の方、足裏マッサージやりませんか…」

流調な日本語で声かけられたのには驚く。

このような廃墟の建物は何もシンガポールに限ったことではないと、その後シドニーに行き気づいた。ビルの裏通りは似たような廃墟と化した新築物件群を目にして会得する。

レストランは無人のビルの並びに営業中の一軒が見つかり、店内と同テーブルを屋外にも出して客がほどほど出入りしている様子。メニューにある一品を指さして注文、どうにか空腹を満たすことができた。何を食べたか、美味だったかは思い出せないが…。

——シンガポールは、戦場である。
焼けた鉄叉のうえに、雑多な人間の膏《あぶら》が、
じりじりと焦げちぢれているような場所だ。
（金子光晴『マレー蘭印紀行』より）

昭和の初めわが詩人はパリに行く途中立ち寄り一月ほど放浪した東南アジアを詠っ

ているが、今やさまざまな民族が行きかう観光都市。シンガポールの目抜き通りで通行人を眺めていると、さながら民族の大移動の観、まさしく大国際都市である。

翌日から私たちは日本で予約していたスケジュールに沿って慌ただしく市内観光へ。旅の進め方や観光箇所の希望が親子では大きなギャップがあるのに気づかされたが、基本的にはまず訪問国を知ることからスタートしようと合意。

食後、黄昏のシンガポール市内から車で三十分程のテーマパーク、セントーサ島へ。近くの停留場で市営バスに乗るのが手っ取り早いと前もって調べていたのでバス停へ。空席のバスはすぐにやってきた。

島内施設の一つ、わりと小規模の水族館に入館。長旅の疲労解消を兼ねて島内一周のモノレールに乗車しておおよそ島のイメージをつかむ。暗くなって始まる屋外の森林天幕に目まぐるしい色彩点滅の映像は、音響が激しいだけで私たちの趣味には合わないとわかり帰路を急ぐ。市営バスの運賃、帰路は無料だった。無事ホテル着、やれやれ…。

翌二日目は市内観光、この国の歴史を学べるツアーを選択したが、定評ある植物園ではさすが蘭の花の豊富さに圧倒され、色彩と芳紀は花の中でもトップ級を確認。

干菓子などの供物をたくさん並べ翌日の祭典用に準備万端整った中国はシアン・ホッケン寺院を拝観し、次は商いが終了しひっそりした卸売市場で小型バナナの試食とヤシの果汁をストローで試飲。天然の果汁は甘味が薄く真水みたいだった。観光地見学コースには必ず含まれる地元工芸品の製造販売会社の広い敷地内で一息入れ、最後はかねてから関心のあった日本人公園墓地へ。

明治の作家、二葉亭四迷が一八九一年、ロシア旅行の帰路、インド洋上で病死しこの地に葬られたと言い伝えられる墓地。二葉の墓石は入口の奥に位置し、平べったいがやや大きめの変形、ひと際目を引く。その前方四方に無造作に傾きかけた中小の墓石は、日本の農村や貧しい家庭からこの地に稼ぎに送り届けられたカラユキさんの墓であると紹介される。東南アジアを放浪しつぶさに彼女たちを観察し交流もあったらしい光晴も目にしたであろう。ある本に次のように記されている女性たち…。

――南洋の夕暮れ、娼家の灯の入る頃、赤い長じゅばん

二葉亭四迷の墓石の前で　筆者

を身につけ細帯一本の日本娘が表に立つ。

カラユキさんはこの地で生き、一生を終えた悲運の日本女性の別名。墓石は小さくて刻字も定かでない。肉親や友人に参拝されることもない無縁仏にひと際、哀れさを感じた。墓地には先の戦争で亡くなられた日本軍人や若い兵士さんら総勢九百柱が埋葬されているという。シンガポール日本人会が管理し、清掃や参拝者の応対は中国人父子が携わっているとの説明に一行ささやかな寸志を進呈する。

マレーシアと国境の町へ

初めての陸路の入国審査が珍しく私の関心事であった国境の町、ジョホール・バルへ。車で三十分ほど走った最後の観光名所。サルタン王宮の青い屋根と白壁のコロニアル宮殿、手入れの行き届いた庭園の緑と青空に映えるすかっとした景色にしばし見惚れる。白壁の宮殿以外、視界を遮る建物も高い樹木もなく、イスラム教寺院の広い敷地を一周し頑丈に締め切った建物は入場観光はかなわず、外観を見るだけ。周辺の道端に腰をおろして売り絵を描いている小柄なおじさんたちに金子光晴の在りし日の姿を重ね合わせて、ついしげしげと眺めた。「芸は身をたすく」という諺が思い浮かんだ。

最後は国境近くの染色工房でバティック染めの実演を見た後、興味ある何人かは記念の品を手作りし手土産の逸品に笑顔が浮かぶ。

シンガポールに戻り、目抜き通りのマーライオン近くで市内施設ツアーは解散となる。

ホテルへ戻るにはまだ早いので私たちは付近の海岸を散策。と島めぐりの小クルージング船が出航間近と放送が耳に入る。予定になかったが急きょ乗船。食事つきだったが思い返すと破船寸前のイメージがちらつき、巡った周辺の大小の島じま、島の名前も記憶に残らないあわただしいクルージングだった。

下船後、泊まることはかなわないがかの有名なラッフルズ・ホテルへ。正面玄関を入って一階フロアの豪華な装飾品を観賞していると、短パンとぞうり履きで入館の欧米人らしき男性二人組は入場を断られていた。私たちはそのままアフタヌーン・ティーの会場へエスカレーターで。おいしいケーキとお茶で明日からの娘とのしばしの別れを惜しんだ。

独り旅シンガポール・マレーシア体験記

娘が豪州に旅立ったあと翌日から私は一人になり初めての国際都市シンガポールの目抜き通り、様々な人種のオンパレードを眺めるのに退屈知らずだった。人通りの多いオーチャード・ロードのデパート前で通行人を見ているだけで感ずるものは多々あった。と同時に娘の勤務した都内の貿易商社の多忙な訳が「これ、だったんだ」とわかりかけてきた。

シンガポール国か、市かのいずれの計画と推定されるが市内繁華街で、水辺に建物を移動する工事が大々的に始まろうとしていた。つまり日本国内を干された国内大手建設会社の名入れテントがあちらこちらで風になびいていて、うとましいほど目についた。なるほど日本の建築業界は不況で立ちいかなくなり他国で営業しているようだ、と私は単純に納得せざるをえなかった。

居住民族が多種多様なら宗教施設も人種に添う数だけ多岐に存在するのは当然のこと。歩行中、気付くのは沢山の寺院、仏閣の宗教関連施設。まずコーランが響く回教寺院、つまりモスクと言われる金色のドーム屋根が目につく独特の建物、国籍がすぐにわかる中国寺院、ヒンドゥー教寺院、ビルマ寺院、タイ、中国仏教等々。キリスト教会と日本の神社仏閣は目に入らないが、この国のどこかにあるはずと確信せざるを得なかった。

翌日、午前中にあてずっぽうに市内を歩いていると馴染みの西友ストアに行きあたる。日本国内と同じストアという名目だがデパートのような外観で買い物客はほどほどに居た。日本人の店員さんに付近の地理について尋ねていると、近くに回教寺院があると言う。

教わった通りを行くと数分でモスクに。入口横に水道があって足を洗う男性数人、私の足元をしきりに気にしている様子。

「大丈夫、日本人は靴を脱ぎます」

とつぶやき私は靴を脱いで短い階段を上り小二階へ。すぐ左手に真っ暗い礼拝堂とおぼしき部屋の戸が開放していて男性信者の礼拝堂らしい。もう一つ上に女性専用の礼拝堂があると表示が目に入ったが、私はすぐに退散するから入口の部

ドーム屋根の回教寺院

屋で充分と思い、男性用礼拝堂に一歩入り床に座った。ジュータン敷きのような感触。部屋の奥に目をこらすと、立って小窓の方角を向き祈ってる信者の姿が。自国の方角を向いて祈るのだと聞いたことを思い出した。が、座って眠ってる信者さんも。暑くて暗い部屋に入れば眠くなるのが自然現象。異教徒の私が長居する所ではなかった。

翌日の午前中、雑誌「地球の歩き方」を手にし市営バスに乗車。目指す寺院を決めていたが下車駅を運転手さんに聞くつもりで、運転席の後ろに立つ。次の停留所で乗客が手間取っている間に旅行雑誌を開いてここで下ろしてと運転手さんに頼んだが年配の彼はわかったようにうなづいたので安心していると、だいぶ走って停車した所は中国の大仏堂の千燈寺院だった。目的地ではないがせっかくだから参拝しようと寺院敷地へ、入口両サイドに虎の像が建つ。堂のドアを開けると二階ぶち抜いた大空間に鎮座まします派手な外観のユーモラスな表情の大仏殿が高さ十五メートル、重さ三五トンの極彩色の仏様の周りに法灯がめぐらされていて千燈寺院の名の由来がわかった。

中国人らしき先客一族が、お昼とあって神様の前フロアで持参の昼食を広げて会食中。何度か中国を旅して感じたのは信心深い国民性との、私の認識である。日本人は敬う神仏の面前で会食というマナーはないが、中国人は神殿や仏像前で一緒に食事をとり親密感を深める習慣があるのだろうと納得。大仏は黄色一色の衣裳に黒い先のとんがった烏帽子をかぶったユーモラスなお姿、思わず苦笑が漏れる。大仏像の裏側に回ると像の内部への入口があり、小さいが本像と同じ彩色の寝釈迦像が横たわる。なるほどタイ風の印像である。

常夏の島というほどでもないが連日暑いのと地図を見ても方向音痴なのでもっぱらタクシーを利用し地下鉄のマークのある「MRT」の看板を見つけるとタクシーを下車して地下鉄に乗り替えた。私流の節約法。タクシーはかなり乗っても数百円程度だったので安いと思いよく利用したが最近は高くなったと聞く。

千燈寺院の大仏

翌日からどこまで行ってもなっぱやしの林が続くマレーシアへ。小さな車に乗って日本人観光客七、八人のツアーでマラッカを目指した。マラッカ海峡を目にすると懐かしいような気分になったのは自分でも不思議だった。

車の後ろに日本人ふたりの老人が並んで座っている。実の兄弟という。しきりに、

「懐かしい」と海峡を目の当たりにして感慨深げである。戦争体験者のようであるが、二人とも妻を亡くされたという境遇も似通っていた。

「先の戦争で軍服や背《はい》のうを頭に括りつけて海峡を泳いで渡った」

と自らの体験をぼそぼそとつぶやく。人気のないマラッカキリスト教会の内部を見学し私ひとり更に海への道を辿ることになった。強く希望した訳ではないが、海への道の先に水上生活者の部落に着いた。

船上に家を建てる方式では無く、杭で支えられている小さい家屋が連なる部落は、漁をして生活する一旅の集団。同じような部屋が狭い道の両側に並んでいるが入口にドア等なく、開放的な居室は真中の公道から丸見え。漁から帰った男たちが子や孫たちとくつろいでいる姿を目のあたりにして、夜間もこんな状態なのか、このように人間として素朴な生活ができるのは幸せなのだろうと一瞬、心にひらめくものがあった。

シンガポールの華やかで喧そうな街から私は何で素朴な海上の部落まで来てしまったのか、問い詰めるとたいした意図はなかったが、収穫はゼロではないという思いは強い。

母と娘の豪州、各々の旅

豪州旅行から帰国した日本の若者たちが一様に同じセリフを口走るので、私はある疑問に取りつかれていた。一体、かの国はどんな歴史があり、現在の社会状況はどうなっているんだろうか、関心と疑問は確かめるに値する。帰国者が一様に言うセリフとは、「人生とは、楽しく生きるためにある…」と。

およそ日本的風習や慣習から生まれる古来の言い伝えとは相反するこのおいしい言葉、当然のこととして私は違和感を持った。古来、日本的教訓では、人は、

「苦労しないと一人前になれない」

私はその疑問を自分の追求課題として、実際にかの国に行って確認したいと思うようになった。

最初に豪州と私の出会いを辿ると、娘が高校二年の夏休み一か月、シドニーにホームステイさせたことから始まる。都内の教育関係の企業イベントに参加して説明を聞き、申し込んだ。今日、そのような企業はごまんとあるが当時は走りだったと思う。

説明会から帰宅し娘の意向を聞くと、行きたいとの返事。さっそく申し込み、他の見知らぬ参加者と一緒に渡豪させる。

まだ十代なかばの娘を、初めて他国に長期間旅立たせるので、その間は心配で家を留守にできなかった。私達の不在中に異国に滞在の娘に何かあった時のために対応しないといけないと思い…。次に豪州の大きな地図を買ってきて夫と二人で娘の滞在先を探したり、毎日、シドニーの地図を見つめる日が続いた。

二学期に間に合うように娘は無事に帰国したが、娘はあまり滞在先の話はしなかった。その後、短大の英文科を出て就職二年で再度豪州の英語学校に入るために退職。渡豪二年の後、帰国。学んだ英会話を生かした就職先は比較的自宅近くの商社に入社。娘の業務はシンガポールの建設会社との建材の注文のやり取りを電話、ファックスで応対するのが主だった。無駄なおしゃべりを少しはしていいと言われたのはうれしかったが、

「忙しくて昼食の時間も、トイレに行く暇もない」

と苦情を言う娘は、一年で退職。再度、渡豪してシドニーの語学学校に再入学。娘は渡航の初日はビジネス相手だったシンガポールに立ち寄り、現地の仕事仲間に退職

祝いをしてもらい翌日豪州へ旅立った。一年間、声の応待だけの異国の青年たちと初めて対面して、カラオケに行ったり会食し一日楽しく過ごしたと、娘は一年の憂さ晴らしをし、もう気は晴れたと独白した。

娘はあまり豪州を褒めも賛美もしなかったが何度も行きたくなる気持ちは推して知るべし。現地でお世話になった友達に、何かプレゼントを用意して行ったら、とアドバイスすると、かの国は他人から品物を貰わない国民だから何も用意しなくていいと素知らぬ顔。そういう国民性はすばらしいと私は感服し、娘の言うとおりにしていたが…。

娘は豪州滞在中に隣国ニュージーランドに独り旅した際、旅の途中で出会った一人の中年女性と知り合い、オークランドの彼女の家に一泊お世話になったと手紙にあったので、タンスの肥やしになるだけの私の嫁入り道具の一着、絞りの羽織を送った。表地はピンクに模様織り、裏地は勇ましい兜の影武者の絹織物。

オークランド夫人から大層喜んでお礼の手紙が私に届いた。マレーシア出身の一家は島の北部の都市で中華料理店を営み、大事に育てた息子を病死させた傷心の主婦ひとり旅だったと知る。間もなく、着物の礼状が届いた。

「…裏地の絵柄がすばらしい」と予想通りの文面に思わず苦笑。

私が単身、シドニーに滞在する娘を訪ねたのはそれから数カ月後の十二月上旬だった。日本は寒くなる季節だが豪州は真夏。はじめ夫と二人で行く予定が、土壇場になって、

「年末控えて休暇は取れない。行けない、独りで行きなさい…」

と状況が変わった。気の進まない相手を当てにしても始まらない。それなら独りで行かせてもらいますと旅支度を始めた。地理に疎い上、方向音痴ときている私。その上、語学が苦手…。度胸と健康が頼みの綱という心細さ。とにかくリュックを背に一人旅に出た。時期が悪かったのか娘は不機嫌だった。例の空港の送迎場所にも姿が無い。建物の外に出ると、戸外の椅子に掛けていた。

「お正月を前によく主婦が何週間も家空けられるね、お友達に笑われちゃった…」

と皮肉を言われる始末。二人の最初の約束では「九月にきてね」「うん、行くね」気安く応対していたがシンガポールから帰国してすぐ翌月の旅立ちとなるとなかなか予定が立たない。かくして数カ月がたっていた。

私のために娘は交通便の良いシティの真ん中、共同炊事場のある庶民的な安ホテル

を予約していた。

「ぼろいホテルだけどどこに行くにも便利よ。私も州内旅行から帰ったらママが居る間ここに泊まるから二部屋予約したからね」

オーケーということになった。何はともかく近くのスーパーマーケットに行き食材を買って、手料理で腹ごしらえしなきゃ。広い共同炊事場つきのホテルなんだから、と自分に言い聞かせてスーパーマーケットへ。

折しもシドニーは紫の花、ジャカランダが満開の季節。大きな木に紫の花が桜のように折り重なって咲く風景は日本には無い。珍しいのでカメラを持って出かけたがそこは道路から少し高台の小公園になっていて、木の下に老人たちがたむろして土手に座り道路側に足を投げ出して道の方を向いている。いくらなんでもカメラは向けられない。帰りにと思い、シャッターは押せずに店に急いだ。

三十分ほどで帰路、とおりかかったが男たちの様子は変わらない。次の日も次の日も同じだった。つまり公園は夜間になっても暇な男たちのたまり場だった。ついに私の帰国日になる頃は花は散り始めていた。紫の花の写真は撮れずじまいで帰国日を迎えた。

スーパーの道と並行する大通りの坂を登ると左側に緑広がる広大なハイドパーク、右側に州立博物館がある。博物館に入場を予定して午前中の早い時間帯に向っているとハイドパークの方から何やら歓声が聞こえるではないか。『地球の歩き方』にも載っている公園内の大きなチェスを囲んで男たちが歓声を上げているのだった。なるほど平日の午前の早い時間帯からゲームに夢中とは日本ではありえない風景である。

娘は翌月から二週間の州内旅行が控えているらしかった。

「学校の宿題はどっさり、バイトもあるし…」と忙しそうだった。

「私のことは気にしないで。一人で市内歩くから、週一で遠出の一日観光バスにも乗る予定よ」

心とちぐはぐな日程を言ってしまう。

「いくら忙しくてもせめて週に二日は…、三日とは言わないが。おのぼりさんに付き合ってちょうだい…」

と言いそうになる。だが「それは、いけない、いけない」と自戒。

「シドニー市内って意外と狭いのよ。東京の方がもっと大都会よ」

娘は言うがそれは慣れた者の言い分である。

「次の日は一日あけてあるから市内の名所旧跡を赤い車体の一日観光バス（エクスプローラー）で回って、気に入った場所に今度は一人で行けるように覚えてね」と手厳しい。

私の不安な気持ちなどお構いなしになんとか独り歩きさせたい娘の魂胆がありありと…。

「そうね、古い建物とか歴史的な建造物などじっくり見物したいわ」と私。

そんな母親の気持ちなど理解できないとでも言うように娘はそっぽを向く。親子の年代の違いとか趣味や関心事の相違などいやというほど海外旅行で実感する羽目に。

娘は一枚のフリーパスを差し出した。

「どの路線も自由に乗り降りできて便利なチケットよ、これさえあれば一々、言葉発しなくても目的地になんとか辿りつけるはず…」

やれやれ…。待ってましたとばかりに魔法のパスを使ってシドニー市内観光一人旅が翌日からスタートしたのはもちろんである。

最初に出かけたのは前日、娘が案内してくれたのと全く同じコース。これなら失敗なく帰路に着ける自信あり、腕試しには恰好のコース。ホテル近くのバス停から海の玄関口サーキュラキーへ。いくつもあるフェリーの乗り場は最初の日は何が何だか理解できなかったが水族館行きは記憶に新しいし、何時発というタイムも確認できた。シドニー・ブリッジを見上げながら海上を船で通過する爽快さは何度味わっても気分は最高。水族館で娘が欲しがっていたサメの鍋つかみを一個購入。帰りは目の前のピルモント・ブリッジを徒歩で渡り橋のたもとのマーケット・プレイスでひと休み。前日は二階のレストランで娘と一緒に食事したが、一人では何か食べようとの気分にもなれず生ジュースを立ち飲みして終わり。マーケットの上は市内ビルの谷間を循環するモノレールの駅。二往復して上空からの景色を堪能し無事ホテル着。雨で外出できない一日を除いて私は毎日、地図を片手に、ポケットにはペンとメモ用紙を忍ばせて一人旅に慣れて行った。

この調子で滞在三週間はあっという間に過ぎ去ったが、記憶に残るメニューのトップはやはり汗を流して挑んだハーバー・ブリッジ往復である。何と言うこともないコースだが、一人で心強く旅を果たしたという充実感はとても貴重なものに思える。

その日はシドニー発祥の地、一七八八年、囚人七百人を含む千人以上の英国移民船が港につき、流刑者に岩を掘って住まわせたというロックスを一回りする。囚人は足かせをはめられて岩を掘ったというトンネルがある。その壁に小さなローマ字が刻まれている。

という話だが、多分に観光用に意図して掘られた誰かの氏名という感じを受けた。歴史を感ずるトンネルにたたずんでいると娘に笑われたことがあった。

そこから見下ろせるブリッジを徒歩で向こう岸に渡るツアーがあるが私は単独で挑戦したのである。

私と同年くらいに竣工したハーバー・ブリッジは全長千百四十九メートル。何度眺めても、どの角度からの姿も綺麗で見飽きない。向こう岸までは徒歩十五分とガイドブックにあるが眼下のオペラハウスやボート、ジャクソン湾を走るフェリーをカメラに収めてゆっくり渡ったので私の足で倍近い所要時間だった。

貝がらの形をもじり造形にしたと言われるオペラハウスは、あちこち腐食して崩れているという話だっ

オペラハウスとハーバー・ブリッジ

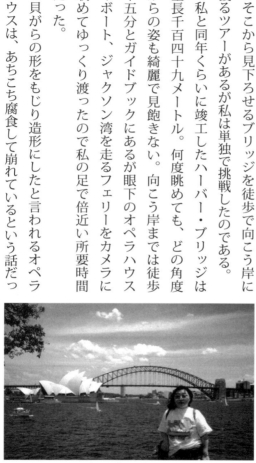

たがまだ歌謡ショウやお芝居に利用されている。ある夜、娘が安いチケットが手に入ったというので一緒に映画音楽の歌を聞きに行ったが、観光客の団体さんがひっきりなしに見学に見えていた。内部より外観が素晴らしいと思った。

もう一か所ホテルからそう遠くないキングスクロスを歩いた。

『地球の歩き方』を持って街歩きする日本人は多いが、私もその一人。ホテルからさして遠くないキングスクロスに東京都指定の短期用ホテルがあると聞いて地図を頼りに尋ねたら、キングスクロスの駅前のコークの大きな看板にたどり着いた。ゆっくりと孔雀の噴水がある場所でコーヒーを飲み、若いウェイトレスに私のカメラを渡して写真を写してもらう。

そのあと高齢者向けの宿を探しあてたが、裏通りを十分ほどの閑静な場所にあった。自炊する設備が整って家族用のようだが、とても一人では利用する気にはなれない。高台なので下を見るとはるか彼方にさっき通ってきた緑のハイドパークが見渡せた。坂を下りて徒歩で帰ろうとしたら横丁から『地球の歩き方』を手にした日本の青年と出会う。後から女性が続く。新婚さんのようである。なんでこんな寂しい場所にと思ったが言葉はかけなかった。微風があるが真夏の日照りは相当の汗となって頬から首を伝わる。やっと馴染みの公園にたどりついたが、大きな教会がドアを開けて「どうぞおはいりください」とばかりに旅人を招き入れてくれる。地図にあるセントメリーズ大聖堂らしい。おずおずと入り椅子にかけて汗を拭いているとと横丁の小ドアから一人の背の低い男性が入ってきた。彼は教会内のキリスト像にひざまずき祈りをささげた。マリア像にも、その他の聖人にも同じように十字を切った。

色の浅黒さから推定すると国籍は分からないが、昔見たフランス映画『眼には眼を』の中に出てくる医師に復讐する妻を亡くした男性に似ていた。真剣な表情で何をそんなに祈るのだろうか、とても不思議に思った。彼は祈りをささげるとすぐに入ってきたドアから出て行った。

語学が達者で方向音痴でなかったらもっと楽しい旅日記を記せただろうと思うと、いくばくかの心残りは否めません。

娘とコアラと一緒に（シドニー動物園にて）

キャンベラの丘を見下ろす

キャンベラの戦争記念館にて

跋文

跋文　亡き人たちに新しい生命を与える

――岡三沙子エッセイ集『寡黙な兄のハーモニカ』

朝倉宏哉（詩人）

昭和三十年代から四十年代にかけて「波」という同人詩誌があった。同人は主宰・杉克彦さんを中心に六人で、合評会は渋谷の喫茶店「ロロ」で行った。岡三沙子さんはなつかしく思い出される人だ。作品も人間も存在感があり、秋田訛りは同じ東北人として親しみがもてた。杉さんが亡くなって「波」は消え、お互いの交流は途絶えたが、詩集を上梓した折には寄贈しあい消息は作品から想像できた、つもりでいた。

ところがこの度、エッセイ集『寡黙な兄のハーモニカ』を読んで、半世紀ぶりに新しい岡三沙子さんに出会った思いがする。一編（「壷井繁治・栄夫妻との対面」）以外はすべて初めて接する作品であるせいもあろう。とにかく面白いのだ。思わず笑みが浮かんだり、うんうんと頷いたり、なるほどと感銘したりしながら一気に読んだ。岡さんは二十代に郷里の小学校教師を二年間勤め、作家を志して上京したという。それからの文章術修業が偲ばれる。また、読後感がほのぼのとするのは郷土愛、家族愛、隣人愛、ひいては人間愛が通底しているからであろう。

特にⅠ章はそれが際立っているが、作者が意図して表出できるものではなく、物事の真実を見透す目が北秋田の大地に生きる身近な人たちを、生き生きと彫琢した。生前おぼろげであったものが、亡くなってから鮮明になったり、謎が解けたりする。父や母も、表題作の兄も、従妹や叔母も、生前よりも鮮やかになる。想像力と言葉の力は亡き人たちに新しい生命を与える。

Ⅱ章は東京近郊の宅地開発地域に住む作者の日常生活や交友関係、社会現象についての考察である。高度成長期にどんどん拡大していった宅地造成と生活の変化、印象的な光景は多くの人の共感を得るだろう。「氏名についての考察」、昨今の子供の名前はルビがないと読めない。パズルのような読みも多い。名前から性別が分からない。娘の命名と自分の名前をネタにした興味津々の氏名物語。

Ⅲ章は国内と様々な海外旅行記である。旺盛な好奇心と行動力に脱帽する。カナダ、中国、タイ、シンガポール、マレーシア、オーストラリア。それぞれの旅の動機が面白い。旅先で母娘の意見が対立する場面では娘の肩をもちたくなるのは、岡さんは自分を客観視して書いているからだろう。

表紙デザインがいい。要所の写真は場所、サイズ、枚数、すべて適切である。

あとがき

兄が亡くなって三年、初めて兄の思い出を残そうと思ったのには、特別深い訳があってのことではない。しかし以前に身近にいたある同年代の男性から、次のように言われた。「あなたのお兄さんは妹思いの人でしたね。自分には男っぽい姉がひとりいますが、きょうだいから優しくされた記憶がないので人様の身上が羨ましくてしかたがないんです」と言われ、とてもびっくりしてその件について夫に確認したことがある。

「秋田の兄さんが、妹思いの人だったと言われたんだけど、そう思う?」

すると夫は即座に「そう思う」と肯定したので、これは事実なんだとわたしは、初めて優しい兄を再認識した次第です。この人様の指摘の一言は兄が亡くなって三年たっても私の意識から消えないばかりか心に住みついていて折あるごとによみがえり、兄の思い出を温かくしてくれる。

兄は寡黙な人だったから口喧嘩もなかったし、悪口言いあって悔しい思いをした記憶もない。

　ある意味では兄妹としては、寂しいつながりと言えなくもないが、兄の面影は心温まる記憶の中に満ちている。他界してもう三年。この世には居ない人なので、寂しくとても惜しいとしばしば思うが、一方で死んでなんかいるもんか、あの兄さんはどっかに生きていると思うことにしている。

　遠慮深い人だったから、「自分のことなんかあれこれ考えずに、前向きに生きて行ってくれ！」と逆に忠告のひと言が返ってくるようだ。

　この本の出版にあたり、ご指導いただき出版にこぎつけてくださったコールサック社代表の鈴木比佐雄様とスタッフの皆様に、跋文をお書き下さった詩友の朝倉宏哉様に心より御礼申し上げます。

平成二十八年七月

岡　三沙子

著者略歴

岡　三沙子（おか　みさこ）　本名　川端　みさお

1933年、秋田県北秋田市三里《みつさと》生まれ。秋田北高校、秋田大学教育学部修了。小学校に二年間勤務の後、日大芸術学部に編入学。

著　書

詩集：『屍』『廃屋の記憶』『わが禁猟区』『岡 三沙子詩集』

エッセイ集等：詩とエッセイ集『アメリカの裏側では』、日本海中部地震津波遭難児童の遺稿集『岳彦の日記』編集（土井晩翠児童賞受賞）、ノンフィクション『運命の三叉路』、妙子の病棟日記『消えた夏』編集など

所　属　日本現代詩人会・日本詩人クラブ　各会員

現住所　〒194-0001　東京都町田市つくし野2-7-6

石炭袋

岡三沙子エッセイ集『寡黙《かもく》な兄のハーモニカ』

2016年9月10日初版発行

著　者　岡　三沙子

編　集　座馬　寛彦・鈴木比佐雄

発行者　鈴木比佐雄

発行所　株式会社 コールサック社

〒173-0004　東京都板橋区板橋2-63-4-209

電話 03-5944-3258　FAX 03-5944-3238

suzuki@coal-sack.com　http://www.coal-sack.com

郵便振替　00180-4-741802

印刷管理　（株）コールサック社　製作部

＊装丁：奥川はるみ

落丁本・乱丁本はお取り替えいたします。

ISBN978-4-86435-262-8　C1095　￥1500E